「さぁ——この叛乱に決着をつけにいこうっ！」

大精霊『雷狐』

アトラ

四英海の遺跡でアレンが出会った幼女。彼を遺跡の奥底へと案内する。

公女殿下の家庭教師

アレン

魔法の制御においては余人の及ば…らも、己の実力…幽閉された遺跡…英雄に出会う。

公女殿下の家庭教師 8

Tutor of the His Imperial Highness princess

「みんな――行きましょう！」
ステラ
「……信じられません」
リィネ

「ルーチェ！帰ってきました!!」
エリー
「あれを見てくださいっ！」
ティナ
「お、王都から転移しました！」
カレン

「…………やぁ、リディヤ。
髪型を昔に戻したのかい？」

「……バカ。バカバカ。大バカ！
……アレンのバカっ」

「「「いっけえええええ！！！！！」」」

『閃雷』に紅と蒼が入り混じり、
出力が桁違いに跳ね上がる。
灰の光閃を一気に押していき——
直撃————！

CONTENTS

Tutor of the
His Imperial Highness princess

公女殿下の家庭教師8
再臨の流星と東都決着

七野りく

ファンタジア文庫

3071

口絵・本文イラスト　cura

公女殿下の家庭教師8

再臨の流星と東都決着

Tutor of the His Imperial Highness princess

The second coming shooting star
and the last battle of the eastern capital

Character
登場人物紹介

公女殿下の家庭教師／
剣姫の頭脳

アレン

ティナたちの家庭教師。本人に自覚はないが、魔法の扱いは常識外れの優秀ぶり。

王立学校生徒会
副会長

カレン

アレンの義妹。しっかりものだが意外と甘えたがり。ステラとフェリシアとは親友同士。

王国四大公爵家（北方）ハワード家

ハワード家・
次女

ティナ・ハワード

アレンの授業によって才能を開花させた少女。王立学校に首席入学。

ハワード家・長女／
王立学校生徒会会長

ステラ・ハワード

ティナの姉で、次期ハワード公爵。真面目で人一倍頑張り屋な性格。

ティナの専属メイド

エリー・ウォーカー

ハワード家に仕えるウォーカー家の孫娘。ケンカしがちなティナとリィネの仲裁役。

王国四大公爵家（南方）リンスター家

リンスター家・長女／
剣姫

リディヤ・リンスター

アレンの相棒。奔放な性格だが、魔法も剣技も超一流のお嬢様。

リンスター家・
次女

リィネ・リンスター

リディヤの妹。王立学校に次席入学。主席のティナとはライバル同士。

プロローグ

「報告！　王都北方諸都市より、サンドレ伯爵閣下率いる味方将兵、無事、王都へ撤退いたしました」

「南方諸都市より、スレーム伯爵閣下以下、王都へ撤退完了！　休息中であります」

「西方諸都市に進出せし、スベン伯爵閣下率いる諸隊、未（いま）だ王都へ帰還せず。荒天の為（ため）、遅れているものと思われます」

「中央駅の兵站（へいたん）物資作業の混乱は収まりつつあります」

「王都・東都間の列車運行は線路及び設備を修復中。運航頻度は落ちる見込みです」

王国王都、オルグレン公爵家屋敷（やしき）大会議室。

夜半過ぎになっても次々と騎士や伝令兵が駆け込み、報告してくる。

中央の大テーブル上に広げられた王都周辺地図へ、当番兵が硝子（ガラス）の駒を置き状況を整理していくものの……情報量が多く、場は混乱気味だ。

私――グレック・オルグレンがいなければ、どうなっていたことか！

「……獣共に手子摺り、東都の大樹すら奪えぬ兄上には感謝してもらいたいものだな」

半壊した王宮より持ちだした玉座に背を預けつつ、報告した騎士達を咎める。

「報告、御苦労。しかし、一点、間違いがある。――王都周辺都市から部隊を引き上げさせたのは『撤退』ではない」

『？』

私の言葉に、室内の者達が戸惑う。

……愚鈍な者達めっ。そんなことすら分からぬのかっ！

怒りを出さぬようにしながら、重々しく言葉を続ける。

「これはあくまでも――戦略的『転進』である。兵站問題が解決し次第、即座に再進出することは確定している。事実、我等は一兵も喪っていない。そうであろう？」

「確かに」「慧眼、感服致しました」「無敵不敗を国内外に喧伝していた近衛騎士団、王族護衛隊を打ち破った稀代の名将は、我等とは見ているものが違いますな！」室内がざわつき、遅れて称賛が巻き起こる。

私は言葉の雨を浴びながら足を組み、愉悦を感じていた。

――今はまだ、私は『オルグレン公子殿下』に過ぎない。だが、ここでは終わらぬ。

現オルグレン公爵である、グラント兄上をどうこうしようなぞとは思わぬが……私には『王都を陥落させた』という輝かしい武勲がある。

戦後、新たな公爵位——いや、大陸において、数百年は任命されておらぬ『大公』位程度は貰わねば、割に合わぬわな。

義挙——『実力主義』を隠れ蓑に、この数年間、貴族の崇高な権利を奪い取る施策を推し進めてきたウェインライト王家に対する謀反が開始されて早一ヶ月余り。

未だ東都の大樹制圧はならず、近衛騎士団と王族護衛隊の激しい抵抗により、王と王族を捕らえることにも失敗したものの——戦局はほぼ戦前の作戦計画通りに推移。多少の齟齬はあったが、大局的には順調だ。

私は立ち上がって地図を見渡し、隣に控えている男の名を呼ぶ。

「レーモン、東方二侯爵に動きは？　彼奴等が我等につけば、兵站の問題は一挙に解決する。不安定な汽車運航を気にする必要もなくなるだろう」

「……残念ながら。未だ進展はございませぬ」

進み出た淡い金髪の男——私の右腕である、レーモン・ディスペンサー伯爵は頭を振り、指示棒で地図を指し示した。丁度、王都と東都の中間地帯だ。

「連日のように使者を送っておりますが、ガードナー、クロム両侯爵共、返事は保留し続けております。ですが――私自ら交渉した結果、王都への食糧供給を再開するとの言質を得ました。既に、第一陣は侯爵領を発した、との報も得ております」

「そうか、よくやったっ！」

快哉を叫び、レーモンの右肩を叩く。

作戦計画では、王都制圧後、我等は北方のユースティン帝国と相対しているハワード公爵家か、南方の侯国連合と戦端を開いているリンスター公爵家、どちらかの方面へ急速進出。何れかを各個撃破する腹積もりだった。

……が、東都からの汽車運航は、敵工作部隊の小癪な妨害等もあり遅滞。王都の大商人達も小癪なトレット家の流言もあり、非協力的な態度に終始し兵站に不安が発生。王都の北方、南方、西方諸都市へ進出させていた各部隊を転進させる事態に陥ったのだ。

各都市には少数の監視部隊を残置している為、万が一、ハワード乃至リンスターの反撃が行われたとしても、奇襲を受けることはない。

しかし……気分が良いものではなかった。

レーモンが頭を下げてくる。

「勿体ない御言葉です。大商人達は非協力的ですが、中小商人達の中には、我等に接触してくる者も多くおります。現在、ルパード元伯と、商人達の纏め役に任命したエルンスト・フォスが勧誘を。諸都市の物資の多くも王都へ運び入れました。ここに両侯爵領の食糧供給もあらば、住民の不平不満も収まりましょう」

「うむ」

王都住民は表立った反抗こそないものの、我等に対して良い感情を持っていない。所詮は下賤の者共。我等の国を想う、崇高で気高い精神を理解はせぬのだ。

だが……食料と、それに伴い必然発生する金貨を恵めば、従いはするだろう。

レーモンに向き直る。

「兵站の問題が解決し次第……」

王都の北方・南方・西方の諸都市再占領を——と、言い切ろうとしたその時だった。

激しい音と共に、髭面の騎士が大会議室に駆けこんで来た。

雨が降っていたのだろう。鎧を纏った身体は濡れ、手足には泥が付着している。

「失礼！　公子殿下！　一大事ですぞっ！」

「……騒々しいぞ、子爵。貴殿には西方諸都市への武器運搬を命じていた筈だが？」

私は冷たく詰問。室内にいる貴族、騎士達の目にも蔑みが隠せない。

この男の名はザド・ベルジック。

オルグレン公爵家幕下の貴族で、王国東方では魔族討伐で名の知れた男だ。

……が、その名声も此度の義挙決行前まで。

王都攻略戦時、南方方面の残敵掃討を任せたところ、部下共々、敵の虜囚に落ちるという失態を演じた。

しかも、相手を問うと『……リンスター、ハワードのメイドと相対し、戦闘したところまでは覚えております。それ以降は、何も』と答えたのだから呆れる。嘘を吐くにしても、言いようというものがあるのだ。

即座に処罰しようとしたものの……今は、東都へ帰還している最精鋭部隊『紫備え』を率いる老大騎士ハーグ・ハークレイが反対した為、取り止め、以後は兵站物資を積んだ馬車の護衛をさせている。

やはり、無理矢理にでも厳罰に処すべきであったか。

子爵は私の視線を受け止め、室内中央へ。……青褪めている？

そして、王都西方の地図を拳で叩きながら叫んだ。

「ルブフェーラ公爵家が動きました！　既に西方諸都市は陥落したものと思われます‼」

『⁉』

一瞬、室内が静まり返る。

――ルブフェーラ公爵家。

王国西方を統べる四大公爵家の一角にして、大陸最大の大河である血河を挟み、人類の仇敵である魔族と二百年に亘り対峙。彼の家と西方貴族や諸部族が動けば……間隙をつき、魔王の東征が再開される恐れすらある。

私はレーモンと顔を見合わせ――一笑に付した。

「はっ！　ベルジック！　何を血迷ったっ‼」

「子爵……我等に混乱を惹起させるおつもりか？　無様に不覚を取った貴様を処罰しないでいる、公子殿下の御厚情を裏切ると？　……もし、そうであるのなら」

レーモンが腰に提げている短剣の柄に手をかけ、護衛騎士達も臨戦態勢を取る。

ベルジックは顔を歪ませ、頭を振った。

「馬鹿なっ！　公子殿下、誓って、嘘は言っておりませぬっ！　風猛る豪雨の中、私と部下は確かに見たのです！　都市上空を舞う無数の飛竜を！　雷光の下、鐘塔を一撃でへし折る巨人を！　城壁に開いた穴より突入するドワーフをっ！　そして……都市の城壁に翻る、星が描かれた巨大な古き軍旗をっ‼　間違いなくスベン伯爵閣下以下の将兵は敗れたのです！！！！」

「では――その光景を映像宝珠に撮ったのか？」

「っ！　そ、それは……即座に撤退した為、ございませぬが……」

髭面の子爵は拳を握り締め、視線を落とした。

私は嘆息し、護衛騎士達へ指示を出す。

「……もう良い。虜囚の体験を思い出し、幻覚でも見たのであろう。任を解き、部下と共に王都で待機せよ。今、語ったことは他言無用。仮に話せば――三度目はない」

「公子殿下！　私はっ！」

「連れて行けっ！」

『はっ！』

護衛騎士達がベルジックに近寄る。

すると、髭面の子爵は身体を震わせ「……無用だ」と零し、出て行った。

……困ったものだ。軍紀を乱す輩は我が軍にはいらぬ。

私は周囲を見渡し、雄々しく告げた。

「皆、流言に惑わされぬよう。西方は絶対に動かぬ。当面の敵は北方ハワード、そして南方のリンスター。スベン伯爵以下の諸将が戻り次第、作戦会議を開く。兵站の問題さえ解決出来れば、勝利は目前である。グレック・オルグレンは貴殿等の勇戦を期待する！」

『稀代の名将、グレック・オルグレン公子殿下、万歳っ！！！！』

戦意高し。これならば——勝てるっ！

満足を覚え、ふと窓の外を見やる。

西方の空は厚い雲に覆われていた。未だ荒天が続いているようだ。

西方部隊の王都到着に、多少の影響が出ることは避けられないだろう。

＊

「……もう無理だ……。このままじゃ、王都の住民達は飢えてしまう……」

諸都市から部隊が撤退して来た日の夜半、オルグレン公爵家屋敷の一室。

巨大な執務机上に山積みとなっている書類の前で、私は一人絶望の呟きを零した。

この数週間、共に仕事をした仲間の商人達はいない。皆、激務に次ぐ激務で疲弊し、仮眠を取っているのだ。再度、机の資料に目をやる。

王都は水以外、何も生み出さない都市。

物資供給がなければ、必然的に……ノックもなく数名の男達が入ってきた。二人を除き、フード付き灰色ローブを纏っている。

「エルンスト殿、遅くまで御苦労様です」

「………閣下」

私はよろよろと顔を上げる。

声をかけて来た男は、私を強制的に働かせているレーモン・ディスペンサー伯爵。

普段は軍服なのに、今晩は純白を基調とし縁を深紅に染めたフード付きの魔法士姿だ。

その隣には濃い緑の騎士服を着こみ、剣を腰に提げている、髪が薄く太った中年男――私のフォス商会へ何度も資金提供を持ちかけてきていた、ルパード元伯爵が笑う。

「がはは！　相当、苦労されているようだな。だが、そろそろ終わりが見えてきた」

「そ、それは……娘のフェリシアを解放してくださる、ということでしょうか⁉」

勢いよく立ち上がると、王都の絶望的な物資不足を計算した書類が宙を舞った。

――この叛乱(はんらん)を、当初、私は自分に関係ないことと認識していた。

私の生家であるフォス家は西方の出。

ルブフェーラ公爵家と西方諸部族が動くとは思えなかったものの、最終的に叛乱軍が勝てるとも思えなかった。負け馬に乗る商人はいない。

そう考え、私はまず妻と部下達を王都から脱出させた。

そして、王立学校を勝手に退学し、家出をした馬鹿娘のフェリシアを捜し、アレン商会商館へ赴いた私を待っていたのは——ディスペンサー伯とルパード元伯。そして灰色ローブを着た胡散臭い者達だったのだ。

伯爵は戸惑う私へ、こう告げた。

『娘さんの身柄は私達が預かっています。エルンスト会頭、我等に協力をしていただきたい。今後、叛乱軍は兵站に苦労する。大商人達の協力は望めない。我等も時間が必要でしてね。『仕事』が終わるまでは持ってもらわねば困るのです。さすれば、全てが終わった後、娘さんは無事に御返しします。聖女様と聖霊の名において誓いましょう』

……フェリシアが本当に囚われているかは分からない。全て嘘かもしれない。

だが、もし……私に断る選択肢はなかった。

以来、叛乱軍に様々な思惑を持ちつつ協力している商人達、オルグレン公爵家と幕下貴族配下の兵站士官達と共に、物資確保に奔走していたのだ。

ディスペンサー伯は微笑を浮かべ肯定し、ルパードが後を引き取る。

「はい、『仕事』はほぼ終わりです」「得るべき物は全て得た！」

「で、では……」

「——エルンスト殿、貴方の働きには感謝しております」

問いに応えず、伯爵は近くの椅子へ腰かけた。足を組み、私へ視線を向ける。

「叛乱鎮圧後、大半の中小商人達の罪は免じられるでしょう。けれど……貴方は無理です。各書類にも名前が記載されている。間違いなく処罰されます」

「な、なっ⁉　わ、私は、貴方に脅され、協力したに過ぎ、ひっ」

私は伯爵に詰め寄ろうとし――喉元に剣が突き付けられた。

ルパードが目にも留まらぬ速さで抜剣していたのだ。遅れて、首元の金鎖のネックレスが音を発した。拍手の音が響く。

「御見事。流石は魔王戦争以前、ルブフェーラ公爵家幕下で、その名を知られたルパードの剣技！　ですが、今は剣をお引きください」

「がはは。……聖霊を信じず、二百年に亘り我が家に介入していたルブフェーラなぞ、滅すべき対象ですがな」

ルパードの瞳が狂気で光り、見事な動作で納剣した。私は無様に床へとへたり込む。

伯爵が微笑んだ。

「貴方にはお話ししておきましょう。仔細は分かりかねますが――ルブフェーラが動きました。情報を勘案するに西方諸都市は陥落。ハワード、リンスターも王都まで指呼の間に迫っていると思われます。クロム、ガードナー両侯爵家も既に我等を見限っています」

「なっ⁉」

私は愕然とする。西方出身の者であれば、誰しもが同じ心理状態になる筈だ。

魔王戦争以来、不動のルブフェーラが動く。

まして、ハワード、リンスター両公爵家までもが、こんなにも早く！

伯爵は首元から木製の印を取り出し握りしめた。恍惚の表情。

「――我が主はこの事態を見越しておりました。貴方の手筈により、王宮禁書庫及び第二封印庫、王立学校の大樹とその地下墓所より、我が主が欲する物を最低限搬出することは叶い、一部は東都にいる者へ届きました。感謝しております。有難うございました」

深々と伯爵が頭を下げ、次いでルパードと灰色ローブ達もそれに続く。

伯爵とその部下達は王都各所から様々な物を収奪していた。

その多くは、厳重に封印された用途不明の品々ばかり。

私が確認出来たのは、東都へグリフォンで送られた、無数の呪符が貼られた小さな箱。

――目録銘『魔獣『針海』。心臓の断片』『王都大樹の最も古き新芽』

私は慄きながらも、言葉を振り絞る。

「な、なら、娘の解放を！　お願いします。どうか、どうか……フェリシアを‼」

「娘さんについては確約を。貴方には我等と共に来てもらいます。ラランノア共和国へね」

「！　ラ、ララノアですと……？」

王国東北部に位置する大陸最大の塩湖、四英海を越えた先にある共和国だ。

伯爵が立ち上がった。雷鳴。ローブが翻る。

「――エルンスト・フォス会頭、貴方は丁度良いのです」

「……ち、丁度良い？」

「『彼』の身内とは言えない。が……無視も出来ない。真に、真に丁度良い。では、向こうで会いましょう。私はもう数日、お坊ちゃんのお守りをしないといけませんので」

「？　い、いったい何を――っっっ⁉　や、止めっ‼」

突然、床に灰黒の魔法陣が生まれ身体が沈み込み始めた。

必死にもがくも、沈下は止まらない。

首まで闇につかっていく中――ルパードと灰色ローブ達が片膝をつき、伯爵に恭しく頭を下げているのが見えた。

「――使徒イブシヌル様、この後は如何様に？」

「聖女様の御心のままに。うまくいけば、『剣姫』を堕とし、王国に混乱を。使徒候補レフの信仰次第では――東都の世界樹すらも得られるでしょう」

第1章

「皆、御苦労様。無事、フーハ市内の制圧は終わったわ。叛徒共の大半は兵站に不安を感じ撤退したようね。将兵には住民の方々の慰撫徹底を。足りない物は南都から送らせるわ。当主のリアムは既に会談へと向かいました――盟友、ワルター・ハワード公爵との」

『おおっ！』

母様――深紅の帽子と軍装に身を包まれ、凛と佇まれている『血塗れ姫』リサ・リンスター公爵夫人の言葉に諸将がどよめきました。

隣でにこにこしている、長く綺麗な紅髪を黒のリボンで結いあげ、矢の重なった紋様の服にスカート、革製のブーツを履き胸が豊かな美少女――リンスター公爵家メイド隊第三席のリリーが私に囁いてきます。

「(此処までは順調ですね☆　リィネ御嬢様♪)」

「(……そうね。でも、急がないと)」

此処は王都よりやや南方にあるフーハ市市庁舎会議室。

ひびの入った窓硝子の外には、どす黒い雲が見えています。

──オルグレン公爵家を首魁とした貴族守旧派が叛乱を起こして、一ヶ月弱。

リンスターと南方諸家は、叛徒達と呼応した侯国連合の侵攻を撥ねのけ、アヴァシーク平原で敵軍を大破。軍主力を王都へと向け、この地まで辿り着きました。

今、集まっているのは南方の主だった貴族と諸将。それに、私とリリーや騎士達。

皆、母様の言葉で戦意を滾らせているのが見て取れ、私も拳を握り締めます。

父様とワルター様が会談を行う。

つまり──ハワード公爵家の軍も王都近辺に到達しているっ！

脳裏に、ティナ・ハワードとエリー・ウォーカーの姿が浮かんできました。

あの子達が北都に留まっている筈がありません。絶対に従軍しているでしょう。

何しろ、今回の叛乱には兄様が──私達の家庭教師であり、掛け替えのない御方である、『剣姫の頭脳』アレンが巻き込まれているのですから……。

ティナ、エリー、早く会ってたくさん話を──突然、頰っぺたを突かれました。

「！」

声をあげそうになるのを、手で口を押さえ何とか自制します。

私だって、仮にも『公女殿下』。恥じらいだって持っているんです。小声で怒ります。

「（……リリー。何するのよ？）」

「（リィネ御嬢様が嬉しそうな顔をされていたので～☆　シーダちゃんと南都でお別れしてから、ちょっとだけ元気ありませんでしたし～）」

シーダは、夏季休暇中だけ私の専属になっていたメイド見習いで、変わっているところもありますが良い子です。ただ従軍させるわけにはいかず、南都居残りとなっています。

あの子がいたことで、この大変な期間でも寂しさが緩和されていたのかもしれません。

派手な紅鎧姿の騎士が勢いよく挙手しました。

南方諸家最精鋭部隊『紅備え』を率いるトビア・イブリン伯爵です。

「王都攻略こそ先陣は我が『紅備え』にっ！」「イブリン伯は前へ出たがり過ぎる。此処は、我がポゾン侯爵家にだな」「ユーグ侯爵家に御命令を」「ボル伯爵家に是非とも！」

母様は優雅に微笑まれ、口を開かれようとした、その時でした。

「失礼致します」

ノックの音の後に黒髪眼鏡で褐色肌の美人――リンスター公爵家副メイド長のロミーが、一人のメイドを引き連れて部屋へ入って来ました。

極々淡い紅髪を後ろで簡素に結わえ、耳がやや長く肌は褐色寄り。

戦塵で汚れていても胸が目立ちます。

「ケレニッサ！　東都から戻ったのっ⁉」

ロミーが引き連れていたのは、メイド長のアンナと共に、王都に加え叛徒の本拠地である東都の強行偵察へ行っている筈のメイド隊第五席のケレニッサ・ケイノスでした。

母様が、すっ、と左手を掲げられました。室内の喧騒が即座に収まり、促されます。

「ロミー」

「はい、奥様。まず――ハワード公爵家、王都北方ナノフ市を制圧。電撃的な奇襲を行った為、王都へ情報は漏れていないようです」

皆が賛嘆の表情。やはり、ハワードは私達と歩を揃えている。

「次に……これは、驚くべきことなのですが……」

冷静沈着をもってなる副メイド長が、珍しく言い淀みました。

隣のリリーがぽつり、「ロミーが困惑してますぅ～」

眼鏡を片手で直し――副メイド長が口を開きました。

「王都西方諸都市も奪還された模様です。ルブフェーラ公爵家によって」

『！？！！！』

大きなどよめきが会議室内に満ちました。母様ですら目を見開かれています。

――王国西方を守護するルブフェーラ公爵家。

二百年前の魔王戦争以来、人類の宿敵たる魔族と、大陸最大の血河畔に築かれた要塞線で、永年睨み合いを続けている家柄です。

そのルブフェーラが動いた。身震いします。

私達は後世の史書に掲載される重大事に立ち会っている――母様が手を叩かれました。

「ルブフェーラの件、今は捨て置きます。ロミー、リアムにも伝えたわね？」

「はい。旦那様より御伝言です。『会談場所は西に切り替え、三公会談とする』」

「そう」『！』

諸将が顔を紅潮させ、自然と拳を握り締め、剣の鞘や鎧を叩きます。

――王国四大公爵の内、三公が戦場に集い会談を行う。

凄い……凄過ぎますっ！　こんなの、魔王戦争以来なかったことです。

これなら、兄様をお救いすることも――ケレニッサが母様へ目配せしました。

リサ・リンスター公爵夫人が下令します。

「リアムが戻り次第、王都攻略戦は開始されるわ。皆、それまで休息を。リィネ、リリーは残って。ロミー、ケレニッサ、リディヤを呼んで来て。マーヤも一緒にね」

＊

「母様、その……姉様に東都の……兄様の情報をお話ししていいんでしょうか？」

皆が出て行った後、私は率直に質問を投げかけました。

腕組みをした母様が顔を険しくされます。

「……良いとは言えないわね。けれど、今のリディヤに情報を秘匿するのも酷だわ」

「…………」

今の姉様は、兄様に関するどんな細やかな情報をも欲しておられます。

でも、ケレニッサからの情報が、万が一……万が一、不吉なことだったら……。

そっと、リリーに両手を握り締められます。

「──リィネ御嬢様、アレンさんは強い人です」

「……リリー」

不安になり、子供の頃みたいに年上メイドへ抱き着きます。すると、リリーは優しく背中を撫でてくれました。

──烈しく、とてもとても不安定な強い魔力が近づいてきます。

私はリリーから離れ、背筋を伸ばしました。

扉が開き──椅子を持ったロミーとケレニッサ。そして、栗茶髪で、メイド姿の若く小柄な女性が、短くくすんだ紅髪で顔色の悪い少女に肩を貸しながら入って来ました。

漆黒の軍装姿で瞳は鈍い光を湛え、右手首の紅リボンは黒ずみ千切れかかっています。

私とリリーは数日ぶりに見る御姿に衝撃を受け、立ち竦みました。

「……姉様」「……リディヤちゃん」

少女の名はリディヤ・リンスター。

『剣姫』の異名を持ち、王国最強とすら謳われる剣士にして魔法士。

──私の敬愛する姉様です。

姉様は小さく「……マーヤ、ありがとう。一人で歩けるわ」と呟かれ、母様の前へ。

一転、鋭い口調で問われます。

「御母様、あいつの情報が得られたんですね？」

「……リディヤ、貴女、食事はちゃんと摂っているの？　そんな身体じゃ……」

「私のことなんて、どうだっていいんです。今はあいつが最優先なんですから」

「…………リディヤ」

母様が辛(つら)そうに顔を歪(ゆが)められます。ロミーとケレニッサが静かに椅子を置きました。

「座りなさい……お願いよ」

「…………」

懇願に折れ、姉様が椅子に腰かけられました。すぐさま、マーヤとロミーが後方へ。

母様も椅子に座られ、名前を呼ばれます。

「ケレニッサ。東都の状況を教えてちょうだい。手短にね」

「はい」

ケイノス三姉妹の次女であり、エルフの血を一部ひく美人メイドが頷(うなず)きました。

姉様もまるで祈るかのように、手を組まれます。

……以前の姉様ならば、こんな弱った御姿を晒(さら)さなかったのに。

胸に拳を押し付け、痛みに耐えます。

「では——端的に御報告致します」

ケレニッサが徐(おもむろ)に戦況について語り始めました。

「……そう、大樹は未(いま)だ死守されているのね？　リチャードも負傷しながらも無事、と」

「はい、奥様。カレン御嬢様の御働きにより不落の大橋も崩落し、大英雄『流星』の騎獣率いる蒼翠グリフォン達が守護しています。メイド長とニコ、ジーンも情報収集と防衛の為、残っておりますので、大樹陥落の危機は当面去ったかと」

一連の報告を受けた母様がホッとされた様子で、微笑を浮かべられます。

「……リチャードにも困ったものね。こういう時ばかり無理をして！　いったい誰に似たのかしら。リィネ、どう思う？」

「え、えーっと……」

私は話を振られ、あやふやに笑います。だって、リチャード兄様は、普段こそふざけられますけど、根は父様に似られてとてもとても真面目な方ですし……。

とにかくです。当初、近衛騎士ライアン・ボルがリンスターに齎した戦況に比べると、大分、明るい展望が見えてきたことは間違いないように思えます。

それにしても、カレンさんが、『古き誓約』履行を求め西都への使者に選ばれていたなんて。私は兄様が大好きな、狼族の王立学校副生徒会長さんを思い出します。

ルブフェーラ公爵家が動いた、ということは、彼女も陣中にいるのかもしれません。

姉様が静かにケレニッサへ問われました。

「……あいつは捕虜になったのね？　死んでいない、のね？　本当に本当なのね……？」

「敵将ヘイグ・ヘイデンの言葉です。仮にも大騎士。言葉を違えはしないかと」

「……あいつが……生きてる……」

姉様の瞳から見る見るうちに涙が溢れていきます。

「……姉様」「……リディヤちゃん」

私とリリーは傍に駆け寄り手を握り締めます。とても冷たく、痩せられている……。

母様も立ち上がられ、姉様の涙をハンカチで拭われました。

「リディヤ、アレンは生きているわ。けれど、今の貴女を見たら、あの子は驚いてしまうわよ？　今は身体と心を休めなさい。マーヤ、ロミー」

「……生きてる。あいつが生きてる……」「はい。リディヤ御嬢様」「失礼致します」

呟かれ母様のハンカチに触れられている姉様を、マーヤとロミーが抱きかかえました。

私とリリーも動こうとし――母様の鋭い視線に制止されます。……え？

姉様達が部屋を出た途端、百近い消音魔法と結界が張り巡らされました。

マーヤとロミーの魔法⁉

私は深刻そうな顔をした母様と残った美人メイドを見やり――気付きました。

ケレニッサは嘘を吐いたんです。ボロボロな姉様の心を守る為に。

沈痛な面持ちの美人メイドと視線を合わせます。

「お願い……本当のことを話して」

「……ヘイデンの言と東都到着後に収集した情報によれば、アレン様が虜囚になられたのは間違いありません。ただ、その後、叛徒ではない輩に拉致され四英海へ送られた、と」

「!? あ、兄様が?」「拉致……ケレニッサ、詳細を知っていそうなのは?」

狼狽する私の隣でリリーが冷静に問いを発しました。……手は震えています。

美人メイドが項垂れました。

「……敵総大将グラント・オルグレン。もしくは、その弟であり、王都にいるグレック・オルグレンかと。ですが、敵の捕虜達によればアレン様の奮闘は叛徒達や東都の人族の中でも噂される程のものだったようです。粗略な扱いを受けるとは、とても……」

「じゃあ、いったい誰に攫われ——……」

私のそれなりに出来の良い頭が、アヴァシーク平原で遭遇した相手を浮かべます。

——聖霊教異端審問官。

愕然とし、血の気が引く音がはっきりと聞こえました。リリーが叫びます。

「奥様! ロミーとマーヤはリディヤ御嬢様の御傍から離すわけにはいきませんが、私とケレニッサ及び、席次持ちメイドの東都行きの御許可を! このままじゃ、むぐっ」

「しっ」

母様が従姉の口元を押さえつけました。

……ロミーとマーヤは姉様の傍から離せない？　どういう意味？？

母様は、姉様の涙を拭われたハンカチを炎で燃やし尽くし、苦しそうに零されます。

「……やられたわ。リディヤに盗聴された。普段はこんなことをしない子だけど、アレンの為ならば自分の主義なんてあっさり捨てる……私の娘だものね…………」

「母様……」「奥様……」

「――リィネ、リリー、ケレニッサ」

「「……はい」」

母様が立ち上がられ、私達へ命じられました。

「リアム・リンスター公爵の留守を預かる立場として命を下します。『剣姫』リディヤ・リンスターは現時点をもって南都へ帰還させます。……味方を巻き込んで戦いかねない精神状態だわ。もし、抵抗したなら」

剣の鞘にそっと触れられます。瞳は沈痛。

「多少、手荒くしても構わない。最悪の場合は私が直接相手をするわ。……私はあの子の、この世界で唯一人の母親なのだから」

＊

会議室を出た私達は、姉様に宛てがわれた部屋へと向かいました。

歩きながら、隣のリリーを詰問します。

「……姉様の傍に、マーヤとメイドの席次持ちが常に付いていたのは、万が一に備えていたのね？　知らされていたの？？」

「知らされていないです～。おかしいな？　と思っていただけです。私、第三席になりましたけど、やっぱりメイドさんだって、認められていないのかもしれません……」

幼馴染の従姉は寂しそうに零しました。

すると、後方を歩いていたケレニッサがリリーの頭へ優しく手刀。

「はい、弱音禁止です」

「あう！　ケ、ケレニッサ先輩、痛いですぅ～」

リリーが大袈裟に頭を抱えます。

美人メイドは左手を腰に当て、歩きながら右手の人差し指を突きつけました。

「仕様がない子ですね。貴女は私達の仲間です。また、メイド見習いをしますか？」

「だ、だってぇ……何時まで経っても、メイド服も貰えませんしぃ……」

リリーは両手の人差し指を合わせ、うじうじ。

そんな従姉を見つめるケレニッサの視線は、慈愛に溢れています。

ふと、兄様のノートに書かれていた言葉を思い出します。


『リィネ、君は強くなる。だからこそ——他者への優しさと労わりを忘れないようにね』


右手を心臓に押し付けます。……私は今の姉様を、怖い、と思ってしまっています。

でも、今の姉様の在り様は間違っている。なら——止めないと！

私はリィネ・リンスター。

『剣姫』リディヤ・リンスターの妹で、『剣姫の頭脳』アレンの教え子なんですからっ！

「リィネ御嬢様？」「どうかなさいましたか？」

従姉と世話好きな美人メイドが顔を覗き込んで来ました。右手を軽く振ります。

「——何でもないわ。覚悟が固まっただけ。マーヤ、ロミー」

私は廊下奥の部屋前で話している二人の名前を呼びました。

マーヤが驚き、得心したように副メイド長と頷き合いました。端的に告げます。

「母様から、姉様を南都へ帰還させる命が出たわ。でも、手荒な真似はしたくない」

「……はい」「リディヤ御嬢様の魔力は動いておりません。室内におられるものと」

「確認しましょう」

私はメイド達を従え静かに扉をノックし、声をかけました。

「姉様、リィネです。入ります」

返事はありません。強い胸騒ぎ。まさか――扉を開け、中へ。


――部屋の中はもぬけの殻でした。


開け放たれた窓からは王都の方向にかかる黒い雲。月や星は全く見えません。

簡素なベッドの上には映像、通信宝珠兼用の黒バレッタが無造作に置かれ、椅子には予備の剣が立てかけられています。リリーが険しい顔になりました。

「リディヤちゃん、もしかして……」

窓へと進んだマーヤが探知魔法を発動。悲痛な呟きを零します。

「先程までの魔力反応は欺瞞のようです。リディヤ御嬢様…………」

……どうしよう。どうしたら。どうすれば。

この場に兄様はいません。

ティナもエリーも、ステラ様もカレンさんも、フェリシアさんもいません。

姉様の憔悴ぶりからして事は一刻を争います。私が決めるしかありません。

立てかけられていた剣を手に取り――振り返って、みんなに命じます。

「マーヤ、母様へ急いで報告してっ！　姉様は間違いなく単騎で向かわれたわ――兄様の行方を知る為に王都の敵総司令部へ。ケレニッサは父様へ」

二人がやや動揺しつつ、首肯します。

「は、はい」「リィネ御嬢様はどうされるのですか？」

「そんなの、決まっているじゃない」

私は軍帽を被り直し、姉様の剣を腰に提げ、息を深く吸い込みます。

……兄様、どうか、私に勇気をください！

「姉様を追うわ！　――私とリリーは母様に任されたのよ。兄様がいない間、姉様の『鞘』になって、って。ロミー、お願い、私達に付いて来て！」

＊

王都西方の名も無き丘。

築かれた本営の周囲には、ルブフェーラ公爵家や西方諸家の軍旗がはためき、人、エルフ、ドワーフ、竜人、巨人、半妖精族といった多民族が動き回っていた。

将兵の戦意は天を衝かんばかり。先日も、西方諸都市に布陣していたスベン伯爵率いる敵軍を一方的に奇襲殲滅したとのこと。さもあらん。

「リンスター公爵殿下、此方です」

「感謝する」

案内をしてくれたエルフの男性士官に礼を言い、会談場所である天幕へ。野太い声。

「遅いぞ、リアム！　侯国連合が弱過ぎて鈍ったのではないか？　貴様の軍服姿も久方ぶりだ。うむ。やはり、赤が似合うな、貴様には」

薄蒼髪で髭を生やし、蒼の軍服姿の偉丈夫——我が悪友にして盟友。四大公爵の一人にして、北方を統べるワルター・ハワードだ。椅子に腰かけたまま左手を上げている。

私は返答しつつ、空いている椅子に座った。

「貴様が早過ぎるのだ、ワルター。いや、天下の勇将『北狼』殿とお呼びしようか？　ユースティン南方軍を一掃するだけでは足らぬのか？」

『軍神』と謳われる悪友は紅茶を注いだカップを数枚の紙と共に置き、嘯いた。

「何、あの程度は児戯よ？　土産だ。北都周辺に比べれば精度は劣るがな」

私は首肯し紙を手にした。書かれているのは——王都周辺の天候予測だ。

「これは？」

ワルターが厳めしい顔を綻ばせた。

「娘のティナが予測したものだ」

「……見事だな」

リディヤと並ぶ天才、か……。紅茶を飲む。茶葉は西方産の新品種だ。

カップを置き、煙草入れを取り出す。

息子のリチャードが近衛騎士に任官し初棒給を得た際、贈ってくれた。

……馬鹿息子め。東都で無茶をしているのであろうな。あ奴は真面目過ぎる。

リンスター公爵としては、褒めてやらねばなるまい。

同時に父親としては、ただただ生きていてほしい、とも願う。

そこまで考え——苦笑。私も目の前の盟友もまた、親になった、ということか。変わらぬは教授ばかりよ。煙草を二本取り出し、一本をワルターへ勧める。

「どうだ？」

「ああ、すまぬな」

煙草に魔法で火を点け、紫煙をくゆらせる。

暫しの沈黙の後、私は盟友へ尋ねた。

「……ティナ嬢を戦場へ連れて来て大丈夫なのか？」

ワルターの目が真剣さを帯びた。

「今のところはな。止めたが、ティナもステラも『北都に留まれ、と言われるのでしたら、私達は東都へ直接行きます』だ。教授と相談した上で許可を出したわ。……そちらにも急使は到着したのだろう？　ケイノスの娘がな、彼からのリボンを届けてくれた」

「…………そうか」

私は短くなった煙草を炎で消失させ、力なく俯く。

同時代、しかも同じ国内に、『忌み子』を娘とした友が、心配そうに尋ねてくる。

「……その様子だと、リディヤ嬢の様子は酷いようだな」

「酷い。……リサは最悪の事態すら予測している」

ワルターも煙草を炎で消失させた。深刻そうに言葉を吐き出す。

「……それ程か」

「……それ程だ」

友は腕組みをし重い息を吐き、零した。

「……是が非でも、彼には生きていてもらわねばな」

「……我がリンスターは彼に多大な恩義がある。死んでもらっては困る。第一、だ」

アヴァシーク会戦後、天幕の隅で双剣を抱え眠っていた愛娘の姿を思い出す。

「……リディヤの憔悴ぶりを見てしまえば、腹をくくる他はない。娘には彼が必要なのだ。ワルター、私は戦後、無理矢理にでもアレンを引き上げるぞ。いいな？」

「……戦の前に戦後の話をしてどうする。まずは勝ってからだ。が」

複雑な表情を浮かべた『軍神』が、まるで負け戦に挑むかのような愚痴。

「………………ステラとティナも彼を強く慕っておる。グラハムも同じようなことを言っていた。油断していると、『ウォーカー』に先を越されかねん」

「……多難だな」

ウォーカー家もアレンを狙っているのか……。仏頂面になったワルターが叫ぶ。

「感謝はしている。しかし……娘達を嫁に出すつもりはまだないっ！」

「ワルター、その地点を私は四年前に経験している。以後は負け戦続きだけだ。諦めよ」

「認められんっ！　……南方の様子はどうなのだ？　優勢なのは聞いた」

恐るべきは『深淵』ウォーカー。北方にいながら対侯国連合戦の情報も得ていようとは。

「グリフォンの戦場投入効果が想像以上だったのと……例の登用した商会の娘だ。アンナの推挙で、アレンの戦時権限を付与させた」

「……フェリシア・フォス、か。どれ程なのだ？」

眼鏡をかけた気弱そうな少女があげた膨大な戦果を思い起こす。

「アレンが自ら引き抜こうとし、うちのメイド長も推挙してきた娘だぞ？　すっかり義父上のお気に入りだ。……サイクスの娘と組ませたのもまずかったかもしれん。現状は『最低でもエトナ、ザナ侯国併合』と強硬派が息巻く程だ」

――サーシャ・サイクス伯爵令嬢。

南方諸家において、諜報方面を担当する異能の家の娘。リチャードの婚約者であり、若くして『諜報謀略に才を得たり』と前サイクス伯に畏怖せしめる程の才媛だ。

ワルターが派手な動作で頭を振った。

「相変わらずだな、貴様とリンスターは――やり過ぎるっ！」

「ふん。そちらはどうなのだ？」

「北の御老人とは既に内々に話をつけた。基本は白紙講和。担当しているのは教授だ。捕虜にした者の中に向こうの皇太子と皇女がいてな。すんなりといった」

「汚いぞっ！　北の片が付いたのなら、とっとと教授を南へ寄越せっ！」

「話はついても……当面は片付かん。うちはともかく向こうがな」

盟友の声色と視線で察する。

ユースティンの老帝は、これを機に国内の『大掃除』をするつもりか。

ワルターが冷たく事実を告げた。

「ロストレイで、ステラと『勇者』が、聖霊教の者と交戦した。相手は、魔導兵に竜骨と『蘇生』を用い、骨竜すら使役。最後には禁忌魔法『故骨亡夢』すら使用してきた」

「！　『勇者』だと？」

「今も軍中でステラ、ティナと楽しそうに話しておる。……目的は貴様の娘のようだ」

聖霊教の影。魔導兵。竜の骨。大魔法。

加えて、人の世に関わらぬ筈の『勇者』の目的が……リディヤか。

暗い気持ちを抱きながらワルターへ情報を提示。

「此方も戦場で、リディヤが聖霊教と交戦した。戦略拘束結界を用いたようだ」

ワルターは苦虫を噛み潰したかのような顔になり、吐き捨てる。

「……聖霊教の根、随分と深いようだな。叛徒共を扇動しただけでなく、ユースティン、侯国連合をも陰から動かしている、と見て間違いあるまい」

「……戦後は荒れような」

東方の主だった貴族と聖霊教に関与した者は処罰されることになり、王国は他国へ影響力を行使出来る時間を当分の間喪う。ふと疑問を得た。

「……『故骨亡夢』が発動された地はどうなったのだ？　教授が浄化を？？」

「その件も悩ましい。我が領内と帝国内で急速に話が広まり、奇妙な信仰がな……。浄化したのはステラと『勇者』――」

「すまぬっ！　遅れたっ‼」

溌剌とした声と共に、薄翠色の髪をし、翠基調の軍服を身に纏った貴公子然とした若いエルフ――レオ・ルブフェーラ公爵が天幕へ入って来た。私とワルターは鷹揚に応じる。

「気にするな」「急な話だったからな。貴様達が動くとは思わなんだぞ」

「私もだ！」

戦意を隠そうともしないレオは椅子に腰かけ、提案してきた。

「集まってもらったのは他でもない。王都攻略についてだ」

「待て待て」「まずは、貴様達が動いた理由を説明せよ」

今にも『即時攻略を！』と言い出しかねないエルフの貴公子を宥める。

すると、レオが居住まいを正した。

「我等が動いた理由は端的だ。――『古き誓約』の履行を要請された」

「！」

――『古き誓約』。

魔王戦争において大陸全土に勇名を馳せた狼族の大英雄『流星』が、血河の会戦時に託し、戦後、ルブフェーラ公爵家とオルグレン公爵家とが結んだ誓い。

西方諸家にとって達成は長年の悲願だ。ワルターと私は納得する。

「……なるほどな」「戦意が凄まじいわけだ。内容は東都の奪回か？　陛下は？」

「ふっふっふっ……それがだな」

レオが勿体つけ――突然、上空から羽ばたく音と共に、天幕を突風が襲った。

周囲が慌ただしくなりメイドが血相を変えて入って来た。大鎌を背負い、淡紅髪とメイド服が乱れている。深々と頭を下げると、後ろ髪が舞った。

「火急の報せ故、御無礼致します」

「ケレニッサではないか。どうしたのだ？」

メイドの名はケレニッサ・ケイノス。リンスター公爵家メイド隊第五席だ。

メイドは美貌を青褪めさせつつも、はっきりと告げた。

「リディヤ御嬢様が単騎、王都へ向かわれました！」

「「!?」」

思考が凍る。……単騎、単騎でだと？

我が娘ながらリディヤは強い。若くしてリサから『剣姫』の異名を継承してもいる。

だが、王都の叛徒共は十万近いのだ。無謀に過ぎる！

ケレニッサが報告を続けた。

「現在、リィネ御嬢様、リリー御嬢様、そして、副メイド長と選抜メイド隊がグリフォンにて追っております！　奥様も準備整い次第、追われるとの御伝言を賜りました」

「！　リィネとリサもか……」

ワルターが席を立った。

「陣へ戻り、先鋒を急ぎ王都へ突入させる」

「……すまぬ……」

「気にするな。早いか遅いかの違いだ。レオ、そちらはどうする？」

「すぐ軍を発する。緒戦の栄誉は取られてしまったからな。情報共有だ。血河の要塞には王国騎士団が入った。陛下とジョン王太子殿下は西都。シェリル王女殿下と護衛隊は我が軍の最後方だ。王女殿下の説得には骨が折れたぞ。東方二侯爵からも先程、使者が来た」

レオは拳を握り、雄々しく宣言した。

西方諸都市を見事な手並みで制圧したのは、ルブフェーラではなかったのか？

陛下が動かれないとは……妙だな。しかも、ガードナー、クロム侯爵家の使者だと？

疑問に思い問おうとすると、いきなり天幕の入り口が開け放たれた。

「精霊から話は聞かせてもらったぞ、若造共！　此処（ここ）は、再び我が先陣を切らんっ‼」

私とワルターは目を見開く。

「！　貴女（あなた）様は……」「そうか……西方諸都市を制圧したのは……」

不敵な笑みを浮かべそこに立っていたのは、肩までの美しい翡翠（ひすい）髪と女神の如（ごと）き容姿のエルフ。古めかしい槍（やり）を持ち、翡翠色の軍服姿。右手首には黒い布を結び付けている。

――先々代のルブフェーラ公爵『翠風』レティシア・ルブフェーラ。

かつて、『流星』と共に戦場を疾駆し、魔王本人と刃（やいば）を交えた戦歴すら有する、生ける英雄だ。お会いしたのは十数年ぶりになるか……。レオが噛みつく。

「御祖母様、お待ちをっ！　『流星旅団』にばかり、先方を担わすは些か……」

レティシア様は頭を振られた。瞳に映るは強い危機感。

「これぱかりは無理だ。一刻を争う。リアム坊！」

「はっ！」

「――娘の背の翼は最大何枚と聞いている？」

「……は？」

突然の下問に戸惑う。レティシア様の大喝。

「即答せよ！」

「は、八枚、かと」

「……そうか。際どいな。間に合えば良いが……」

上空でグリフォンが羽ばたく音がし、「カレンさん、危ないですっ！　先輩に報告しますよ!?」「テトさん、内緒にしておいてください！」。誰かが降り立ち、顔を覗かせた。

制帽ではなく半妖精族が被るような花付軍帽だが、王立学校の制服を着た、灰銀髪で獣耳と尻尾を持つ狼族の少女だ。肩には黒猫――教授の使い魔であるアンコ嬢か。

……この顔、何処かで。狼族の少女が名前を呼ぶ。

「レティ様、準備整いました。学校長とテトさん達、『流星旅団』の方々もです」

「カレン、出来る子だの。どうだ？　やはり、戦後、我が一族最優の者の嫁に来ぬか？」

そうか！　ワルターも気付いたらしく、小さく呟いた。「……アレンの義妹……」

「レイグ様やチセ様にも言われました。兄さんに勝てたら、話は聞いてもいいですよ」

「はっはっはっ！　こやつめ！　言いおるわ」

レティシア様は楽しそうに笑われ――私達へ視線を向け、あっさりと告げた。

「若造共。先に王都で待っているぞっ！　……急げ。最悪の場合、汝ら公爵の武が必要となるやもしれぬ。八翼堕ちともなれば、事は王国全体の危機となろう」

*

「報告！　王都北方丘にハワード公爵及び幕下の軍勢を確認‼　公爵旗があることから、ワルター・ハワード公本人が着陣している模様‼　映像宝珠はこちらに。御免！」

「報告！　王都南方丘にリンスター公爵及び幕下の軍勢を確認‼　グリフォン多数を有し、これ以上の空中偵察は困難です。映像宝珠を御確認ください」

「報告！　王都全域に大規模な魔力通信妨害が発生！　敵軍による妨害と思われます。東都への通信は途絶。部隊間の連絡も困難となりつつあります！」

「お、王都東方諸都市をガードナー、クロム両侯爵軍が占拠！　両侯から『王家に仇なす叛徒を討つ』と。我等は退路を断たれましたっ！　グレック公子殿下、ご、御指示をっ」


次々と伝令が大会議室へと駆け込み、信じ難い情報を持ってくる。

否定しようにも映像宝珠はハワード、リンスターの旗と軍勢を映し出し、差し出された書面には、ガードナーとクロムの印が押されている。

……これは現実なのだ。

私の焦燥とは裏腹に、当番兵が次々と王都周辺地図に駒を置いていく。

我等は北と南、更には東方にも敵を抱えた状態だ。身体がわなわなと震える。

帝国と侯国連合は何をしているっ！　何故、王都に迫るまで情報が得られなかった⁉

おのれっ、ガードナー、クロムっ‼　我等と他公爵家とを天秤にかけていたなっ！

思考が混乱する中、荒い息をし、立ち上がり地図を眺め打開策を講じる。

『紫備え』を東都へ戻したとはいえ、我が方の総勢が約十万。

対して、奴等は合計しても約八万。

まずは最も弱体な東方の両侯爵軍を撃滅し退路を——息を切らせた伝令が作戦会議室に

飛び込んできた。ただならぬ様子に、司令部に詰めている貴族達が視線を向ける。

「ほ、ほ、報告っ!!!　報告っ！！！！」

「五月蠅(うるさ)いっ！　……聞こえている。言え！」

怒鳴りつける。こういう時こそ、冷静にならなければならないのだ。

王都をも陥落させた私がいれば、たとえどのような難局であっても乗り越え――

「お、王都西方丘に――ルルル、ルブフェーラ公爵家の軍旗を確認っ！！！！！！」

――作戦会議室が静まり返った。直後、大混乱。

「馬鹿なっ⁉」「血河をがら空きにした、というのかっ！！？」「ルブフェーラは要塞攻略専任部隊を持っているぞ」「王宮に籠っても、き、巨人相手では……」「東都へ撤退をすべきではないか？」「西方の部隊と連絡が取れなかったのは……」「か、壊滅したのか⁉」

私は思いっきり机を叩(たた)きつけた。声が自然と戦慄(わなな)く。

「し、鎮(しず)まれっ!!!　ル、ルブフェーラが動くなぞ、そのような馬鹿げた事態が――」

「映像宝珠です！」

『っ!!!』

伝令が差しだしてきた映像宝珠を、皆が食い入るように見つめる。

そこに映し出されたのは、紛れもなく西方の少数民族共の軍団。

先頭は巨大な武器と大楯を持ち、分厚い鎧に身を包んだ小山の如き巨人の重鋼兵。古い軍旗を掲げている。描かれているのは……流星か？

次は見たこともない魔道具を持ったドワーフの爆破工兵。

魔王戦争において、数多の要塞を陥落させた攻城戦の専門家達だ。

上空を飛んでいるのは一騎当千で名高い竜人族の竜騎兵。

他にも、恐るべき半妖精族の魔法士団と多数のエルフ達と人族の部隊までいる。

丘の上には、見間違えようがないルブフェーラの巨大な軍旗。

作戦会議室内が、今度こそ字義通り凍り付く。


『西方、ルブフェーラ公爵家は絶対に動かない』


『義挙』の前提そのものが崩壊。戦力も逆転し、我等は北・南・東・西の四方から包囲された。そして、王都は防御に向いている都市ではない。

私を補佐してくれるレーモンは今日もまた兵站物資確保の為、エルンストという商人を連れ商人達と折衝中で不在。伯爵達も王都各所の防衛を固めている。

この場にいるのは——駄目だ。頼りにならぬ者ばかりではないかっ！

卑しい視線をし、剣も振るえそうにない貴族の一人がおずおず、と尋ねてきた。

「グレック公子殿下……四方を囲まれ、今や我等に勝ち目は……」

「馬鹿なことを言うなっ！　我等は勝たねばならないのだっ‼　負ければ、全てを喪うっ！　財産、領土、名誉、地位……下手すれば、命までもだっ‼」

「で、ですが……で、では、どのような手立てが……？」

「それは——っ⁉」

突如、凄まじい轟音。屋敷自体が震え、照明も明滅。貴族達がざわつく。

……先程よりも近い。

再び伝令が駆けこんで来た。口を開く前に怒鳴りつける。

「今の音は何だっ！」

「お、逃げ、お逃げ、くださいっ！　我等では……我等では止められませぬっ！！！」

「？　何を言っているのだ？？　情報は、正確に、かつ冷静に報告——」

再度、何かが吹き飛ばされる轟音。悲鳴と絶叫。明らかに——異常事態だ。顔面蒼白な伝令が叫ぶ。

「総司令部を狙った敵の襲撃ですっ！　各部隊が応戦中でありますが、抗し難く……防衛は不可能かと思われますっ！　急ぎ、だ、脱出をっ！！！！」

『！？！！！』

司令部が置かれているのは王都中、最も厳重に防御が固められたオルグレン邸内。

ここに到るまでには多数の部隊が防衛陣地を構築しており、それを突破するのは、如何な公爵軍といえど容易ではない。一笑にふす。

「……何を言うかと思えば。大方、我等を脅す為の威力偵察であろうが？　敵の数は！」

「――……人」

「？　聞こえんぞ。はっきりと言え！」

「一人でありますっ！！！！！」

何度目かの沈黙が満ち――直後、安堵の笑いが巻き起こる。私は伝令に命じた。

「一人だと？　愚か者っ！　何をそこまで慌てている！　無謀な攻撃には報いを受けさせよっ‼　オルグレン幕下の騎士たる者達が、たった一人に敵わぬとでも――」

今日一番の大音響と多数の金属が砕ける音。怯えと畏怖混じりの叫び声。

——屋敷内深くに侵入されている。

貴族達と護衛兵達が剣や杖を手にした。私も立てかけてある斧槍に手を伸ばす。

大気を震わせ、離れている私の肌をちりちりと焼く炎の魔力。

何かが……恐るべき何かがこちらへやって来る。重厚な扉が、音もなく断ち切られた。

「ひっ！」

傍にいた太った貴族が悲鳴をあげ、腰を抜かす。惰弱な徒めっ‼

扉が倒れていき、部屋に——一人の少女が入って来た。

短くくすんだ紅髪。漆黒の軍装。手には双剣を持ち、背の炎翼はまるで生きているかのようだ。手首に結ばれているのは……紅黒い布か？

その瞳は焦点が合っていない。少女は室内を見渡し小首を傾げた。

「……あいつがどこにいるのか、しってるのはだーれ？」

……まともではないのか？

私の周囲を、立ち直った貴族達が固める中、記憶を探る。

「……リディヤ・リンスターか？　よもや、私の首を取りに？　『剣姫』と謳われようとも、そのようなことが出来ると思っているのか！」

言葉を叩きつけるも答えず。リディヤ・リンスターはゆっくりと私を見た。

焦点が——定まっていく。

「……あいつを何処にやったの？　とっとと答えなさい」

「『あいつ』だと？　いったい誰のことを言っている？」

「そんなの——……決まっているでしょう？　私の、私だけのアレンよ……グレック・オルグレン、あんたは知っている筈よ？　あいつを何処に捕らえているの？」

炎翼から、鋭い短剣が無数に放射され、壁や机、椅子を次々と炎上させていく。

な、何という魔力。

内心、冷や汗をかきつつも魔法を紡ぎ、意識して余裕を見せる。

「アレンだと？　ああ——……『獣擬き』のことか。はっはっはっ。そうだったな。あの男の異名は『剣姫の頭脳』だったな」

「…………答えて」

リディヤ・リンスターは短く告げた。声色と瞳は不安気で、魔力も揺らぐ。

床に転がった通信宝珠が『……………援…急げ……』。

救援部隊が急行しつつあるようだ。私の頭脳が回転。

ここで時間を稼げば、この愚かな小娘を捕らえ、リンスターとの交渉材料に使うことも不可能ではない。局面は確かに窮地。なれど、必ず打開してみせようぞっ！

そこまでを考え、目の前で剣を構えているリディヤ・リンスターを見やる。

例の獣擬きに随分と執着しているようだ。私は殊更、ゆっくりと告げた。

「……奴を東都にて捕虜としたことは事実だ。随分と手子摺らせてくれたようだがな」

「!?　じ、じゃあ、あいつは生きて」

「――が」

言葉を遮る。周囲の貴族、護衛兵達へ目配せ。

レーモンから、今朝聞いた最新情報を思い出す。

「残念だったな。あの獣擬きならば、今頃、死んでいることだろう」

「…………………え？」

『剣姫』の顔から血の気が失せ、瞳の光と炎翼が消えた。言葉を重ねる。

「当然であろう？　我等に獣や獣擬きを生かしておく義理はない。我が軍に損害を与えたのなら猶更だ。諦めろ、リディヤ・リンスター。『剣姫の頭脳』は――もう死んだ」

少女の手から双剣が滑り落ち、床に突き刺さった。

その場にへたり込み、呆然としながら虚空を見つめ言葉を呟いている。

「……嘘よ。嘘……あいつが、アレンがこの世界にもういない……？　だったら、私は――……わたしは……わたしが、しなくちゃいけないことは……せめて、あいつのとなりで……」

良しっ！！！！　私は斧槍を突き出し、号令した。

「今だっ！　不埒者を捕らえよっ‼」

『は、はっ！』

固唾を呑んで見守っていた貴族と兵達が動き始め、『剣姫』を囲んでいく。

これで――リディヤ・リンスターが顔を上げた。

「ひっ！」『っっっ‼』

自らの意思を超え、悲鳴が出たのは防衛反応からだったのか。

周囲の者達も立ち止まり、身体を震わせている。

――少女の瞳は一切の光を映さず、血の如き紅にそまっていた。

そこにあるのは底知れぬ闇と――……信じられない程の憎悪。

突き刺さった双剣を手に、人ならざる少女が立ち上がる。

手首に結ばれたボロボロの布が微かな光を発するも――焼け落ち、焼失。

右手の甲に謎の紋章が浮かび上がり、一気に魔力が膨れ上がる。

私は咄嗟に命をくだした。

「ぜ、全力斉射っ！！！！」

『！　はっ！』

硬直していた者達が一斉に剣や槍、杖に紡いでいた魔法を発動させようとする。

――瞬間だった。

『！？！！』

室内にいる全員が壁と床に叩きつけられ、禍々しい黒い血のような炎が、屋根を吹き飛ばすのが見えた。身体中に激痛。

「つがぁぁぁぁ！　き、貴様、ひぃぃぃ」

「………しっていることを全て、すべてはなせ。いますぐに………」

右手の甲から紋章を広げ、頬にまで達している怪物が髪を掴んで、私を覗き込んできた。

「あ、がっ……」

恐怖で口が回らない。話さなければ……

「目標、炎翼の者！！！　放てぇぇぇぇぇ！！！！！」

扉方向から、怒号と共に数十の長槍が突き出され、雷槍が連射される。

先頭にいるのは——ザド・ベルジック子爵！

「…………」

『剣姫』は無言で、私を捨て置き窓際に後退。

炎翼で多数の雷槍を薙ぎ払い、床に落ちた炎が荊棘の蛇の如く動き回る。

駆け寄ったベルジックが私を起こす中、兵達は声を震わせ、悲鳴。

「公子殿下、我等が時間を稼ぎます。地下より急ぎ退避を！」「あ、あれだけの魔法を防いだ⁉」「こ、この炎、気持ち悪い……」「ま、魔力量、計測出来ません。桁違いですっ！こ、こんなの……こんなの、に、人間じゃないっ！」

『リディヤ・リンスターだった者』が我等に視線を向ける。

「……後をおったら、あいつに怒られる。イヤ。ぜったい、ぜったい、イヤ。あいつにきらわれたら…………生きていけない。でも…………もう、もういい。あいつがいないせかいなんて、わたしはいらない。怒られてもいいから、あいつの下へ、わたしはいく……………だって、私の場所はこの世界であいつの隣しかないから……それを邪魔するのなら…………」

『っ！？！！』

『剣姫』の背中から更に禍々しい炎翼が新たに二枚生じ——黒紅炎の四翼に。

残っていた天井と壁に、炎の荊棘の炎蛇が蠢き、破壊音と共に、兵が持っていた魔力計測器が次々と破損。耐炎結界も千切れていく。

少女の形をした『何か』が双剣を十字に重ね、滑らせ、

『～～～っ⁉』

暴風が巻き起こる中、剣身が禍々しい炎を纏った。

こ、このような邪悪さ。こ、これではまるで、まるで……！

——炎翼の『悪魔』が双剣を我等に突き付け、絶叫した。

「わたしは目の前の全てを——斬って、燃やす。私の邪魔をするなっ！！！！」

「ロミー、リリー、あそこよ！　炎が見えるわ‼」

『リィネ御嬢様、先頭を飛ばれるのはお止めください！　リリー！』『はい～』

＊

厚い黒雲に覆われた王都上空。

先頭でグリフォンを飛翔させていた私を、リリーとメイド達のグリフォンが追い抜きました。ルブフェーラ公爵家の軍が魔法通信に対して激しい妨害を行っているらしく、短距離でしか通じず、叛徒のそれも殆ど聞こえてはきません。

母様の命により、私達以外のグリフォン部隊も先遣。王都上空へ侵入し、各所の陣地や叛徒達を襲撃しています。見る限り、一方的優勢です。

戦闘で破損した王宮には朧気な灯りしか見えず、魔力反応と灯りが続々と、炎上しつつあるオルグレンの屋敷へ進んでいます。

……中から感じるのは信じられない程に荒れ狂っている魔力。

私は胸に右手を押し付けます。

「姉様……」

『！　周辺警戒っ！』『何か飛んできますぅ～』

ロミーとリリーが注意を発しました。

直後、数十発の巨大な物体が黒雲を貫き落下。

行軍中の叛徒達や陣地へ降り注ぎ――

「！」『っ！』

爆発、炎上。衝撃と土埃が巻き起こります。住居等には一発も落ちていません。信じ難い精度！

グリフォンを操りながら呟きます。

「⁉　あ、あれって、岩？」『……薬品が使われている？』『山投げですかぁ～⁉』

一旦、高度を上げ、円形の防御陣形を取った私達の通信宝珠に、女性の声が響きました。

『――飛翔中のグリフォン。リンスターの連中だね？　私は半妖精のチセ・グレンビシー。攻撃は今後も続くよ。ドワーフと巨人共が張り切っているからね。弾着観測はしているが、巻き込まれないように注意しな。竜人共も空中襲撃を開始する。以上』

そう言うと、通信が切れ――今度は数百発の岩石が黒雲を吹き飛ばしながら、降り注ぎました。再び各所で轟音。

半妖精族って、西方の⁉

『リィネ御嬢様、好機かと！』『今なら突入出来ますぅ～』

ロミーとリリーが私を促してきます。

私は頷いてからグリフォンを操り――直後、通信宝珠に懐かしい声が響きました。

『リィネ！！！！！　いますかっ⁉』『リィネ御嬢様！』

「⁉　ティナ！　エリー‼」

声が震えました。視界も涙で曇ってきます。

『？　リィネ、もしかして、泣いているんですか？』『あぅあぅ』

「な、泣いていませんっ！　そんなことより、ティナ、エリー！　姉様がオルグレンの屋敷に――……ティナ？　エリー？　ああ、もうっ‼」

妨害が再開され、通信が途切れました。伝わっていればいいのですが……。

でも――あの子達と一緒なら、姉様を止めることだってっ！

そうこうしている内に、黒炎に包まれつつある屋敷が近づいてきました。

姉様！　どうか、どうか、御無事でっ‼

城壁に囲まれた屋敷内へ、グリフォンを降下。

――敵影は無し！　頃合いを見て屋根へ飛び降ります。すぐさま、双剣を抜きます。

次いで、長柄の金槌を持ったロミー、徒手のリリーも着陸。

副メイド長が上空のメイド達へ下令します。

『皆は上空から援護。ケレニッサが到着するまでは――ピア、貴女が指揮を執りなさい』

『了解しました。……リィネ御嬢様、リリー御嬢様、副メイド長、御武運を』

柔らかい茶髪を短く切り、前髪に髪飾りをつけているメイド隊第九席のピアが応じ、私達のグリフォンも連れて高度を上げていきます。

リリーが頬を大きく膨らませ「御嬢様じゃないですぅ～」と言いながら、虚空から二振りの大剣を引き抜きました。

それを確認し私は屋根を駆け出しました。ロミーとリリーも追随してきます。

魔力は――更に激しく荒々しさを増しています。

「……姉様は地下みたいね。何処からか、下へ」

「でしたら」「開けますね～☆」

ロミーとリリーが、私の前へ跳躍。金槌と大剣を振り下ろしました。

――屋根の一部が破壊され宙に舞い上がり、大穴が開きました。

廊下にいた十数名の敵騎士が顔を上げ唖然としています。……とんでもないですね。

副メイド長がくるり、と金槌を回転させ、リリーへ告げました。

「私が相手をします。手は出さないで」「ひょいっと～」

ロミーの言葉を聞かず、紅髪を靡かせ、リリーはあっさり飛び降りました。

「⁉　メ、メイドっ⁉」「し、侵入者だっ！」「攻撃せよっ！」「警報を」

「えいや～」

リリーは双大剣を手に、その場で大回転。

『っ！』

炎花が舞い――騎士達の持つ剣、槍、大楯を切断し一撃で全員を打ち倒しました。

「むふん～！　さ、リィネ御嬢様、副メイド長、行きましょう～」

「あ、こらっ！」「……帰ったら、お説教です」

走り始めたリリーを追い、私とロミーも廊下へ。姉様の魔力は更に強くなっています。

……急がないとっ！

炎上しつつあるオルグレンの屋敷を駆けに駆けます。

指揮命令系統が寸断されているのか、士気崩壊寸前の敵騎士や兵達を蹴散らし、大階段を駆け降り、魔力を探知。

姉様の魔力は――……一階最奥の地下！

大階段を飛ぶように降りきると、大広間へ到着し――

「放てぇぇぇ！！！！！」

待ち構えていた騎士達が槍衾を形成。一斉に雷弾を放ってきました。

前面に炎花が舞い防ぎきります。リリーが突撃しようとし――

「きゃうっ！」「……待ちなさい」

ロミーに襟首を掴まれ急停止しました。副メイド長が私を見ます。

「リィネ御嬢様、リリーと突破をなさってください。此処は不肖、ロミーが抑えます」

「ロミー……うん！　ありがとう」

「メイドの務めですので。……よろしいですね？　リリー御嬢様？」

「ううう～！　わ、私はメイドさん、メイドさんですぅぅっ～！　ロミーの」

拘束を解かれたリリーが双大剣を構え、

「意地悪ぅぅぅ～！」

『なっ⁉』

敵騎士達に、炎属性極致魔法『火焔鳥』が襲い掛かります。

百近い魔法障壁と大楯を貫き炎の凶鳥が飛翔。大広間一帯を炎上させながら、巨大な玄関に直撃！　大穴を穿ち炎上させます。

リリーが双大剣を地面へ突き刺し、腕組みをしました。胸が……胸が強調されます。

「むふぅ。やりましたぁ」

私は従姉へジト目。……この子、私よりもずっと強いんですよね。

玄関からは次々と敵兵が入ってきます。ロミーが鋭い声を発しました。

「リィネ御嬢様！　リリー！」

「「はいっ！」」

私達は廊下を疾走。後方からは激しい戦闘音が聞こえてきます。

もう少しで、地下への階段に……。

「リィネちゃんっ！　止まってっ‼」

切迫したリリーの声に急停止。直後――

「「っ⁉」」

前方から、禍々しい黒紅炎が床から噴き上がり、一階、二階、三階、四階……屋根までも貫通。炎は生きている荊棘の蛇のように天井、壁を這い、領域を広げていきます。

「こ、これって……アヴァシークで見た……」「リィネ御嬢様、行きましょう！」

慄く私をリリーが叱咤します。

この下に姉様が……リディヤ・リンスターがいる。

私は覚悟を固め耐炎結界を最大展開。

前方に開いた大穴へ飛び込むと、視界が一気に広がりました。

——そこは立派な教会でした。オルグレン公爵家の屋敷の地下にこんなものが？

肌を刺す猛火と肉が焼ける異臭。周囲には天井、壁、床に突き刺さった剣や槍。兜、鎧の残骸と、ぴくりとも動かない数十名の騎士達。……意識はないようです。

中央に掲げられている聖霊教の紋章、祭壇、柱も半ばから断ち切られています。

その紋章の下——所々が破れた漆黒の軍装の少女が、オルグレンの軍服姿の男の首を握り締めていました。黒紅炎翼が揺らめき、床に双剣が突き刺さっています。

男——グレック・オルグレンが呻きました。

「あがっ……た、たすけ……たすけて……」

「姉様っ！　止めてくださいっ！」

私は悲鳴。すると、姉様は男を無造作に壁に叩きつけました。

「がっ…………！」

グレックは沈黙。気を喪ったようです。単騎で敵総司令部を崩壊に追いやった⁉

たじろぐ私を後目にリリーが姉様の名前を呼びました。

「リディヤちゃん！」

「……あいつが死んだっていったの……あいつのいばしょ、東都のグラントがしってるって……。だから、わたしはぜんぶ燃やして東都へいくの……」

「！　あ、兄様が」「そんなの嘘ですっ！　リディヤちゃん、目を覚ましてっ‼」

「…………わたしのじゃま、するの？」

姉様が床に突き刺さった剣を抜きました。

双剣を無造作に構えられ——

「「っっっ！？！！」」

一気に魔力が膨れ上がりました。

禍々しい黒紅炎翼から炎が零れ落ち、無数の炎の荊棘の炎蛇が生まれていきます。

「……わたしのじゃまをするのなら……」

「……え？」「リィネちゃんっ！」

姉様の魔力が乱れるのがまず分かりました。

直後、姿が掻き消え私の至近に。兄様考案の転移魔法！

無意識に反応し、愛剣で防御出来たのは、毎日鍛錬したお陰でした。

それでも——

「きゃっ！」「くぅっ！」

私とリリーは壁に叩きつけられて、キン、という金属音がすると、半ばから断ち切られた愛剣の剣身が床に突き刺さりました。

姉様の剣を地面に刺し、何とか立ち上がり……

「ひっ」

私は悲鳴をあげてしまいます。

――『剣姫』リディヤ・リンスターの瞳は紅に染まり、背には黒紅炎の八翼。

右腕と頬には『炎鱗』の刻印が浮かび上がっていました。

こ、こんなの……まるで、まるで……

「あ、悪魔……」「リディヤ、ちゃんっ！」

呆然(ぼうぜん)とする私と、何とか立ち上がったリリーを無視し、姉様が上空を見上げます。

今の姉様を東都へ行かせたら……なのに、私の身体(からだ)は震え動いてくれません。

誰でも……誰でもいいから、姉様を止めてっ！

八翼を広げ、姉様が飛びたとうとした――正にその時でした。

無数の黒糸が姉様に殺到し、身体と炎翼を拘束しました。

次々と引き千切られますが、新しい魔法が発動し続けています。闇属性魔法⁉

「……リディヤ」「……リディヤ御嬢様」

音もなく上層階から、二人の女性が降り立ちました。

「母様！　マーヤ！」

「だけじゃないですっ！」「リィネ御嬢様っ！」「ん」

酷く懐かしい声がし、私を守るように、浮遊魔法で三人の少女達が着地。

声を振り絞ります。

「ティナ……エリー……」

薄く蒼みがかった白金髪で、長杖を持ち、白蒼基調の軍服姿。右手首に蒼のリボンを結んでいる少女——ティナ・ハワードは私を見て、笑いました。

「ふふん～♪　リィネ、そんなに心細かったんですか？　仕方ない次席様ですね☆」

「そんなこと……」

反論出来ず俯くと、温かく穏やかな光。治癒魔法が私とリリーに降り注ぎます。

ブロンド髪を二つ結びしているメイド服の少女——エリー・ウォーカーが私の手を優しく握り、立たせてくれました。

「……エリー」

「リィネ御嬢様、大丈夫です。だって」

隠しようがない気品を湛えた、ティナによく似た髪色の美少女が私達の前へ降り立ちました。手には細剣と短杖を持ち、身に纏っているのは白基調の軍服です。

「ティナ、エリー、再会の挨拶は後にして。ミナとメイドのみんな、各家の部隊が周囲を制圧しつつあるとはいえ此処は敵本営なのだから。リィネさん、怪我はない？」

「……ステラ様」

この方の名前はステラ・ハワード。ティナの御姉様です。

一体何があったのか。自信に満ちた表情をされています。

「はい……。でも、でも、姉様がっ！」

「アリスさん」

「ん。まだ……堕ちきってはいない。ぴょん」

ステラ様が声をかけられた、古めかしい剣を腰に提げ、輝く長い白金髪の美少女が高く跳躍。姉様は動く炎翼から炎の短剣を放たれますが、それを無造作に素手で砕き、後方へ。

信じ難い光景に、ティナとエリーを見ます。

「『勇者』アリス・アルヴァーン様です！　私の同志でもありますっ！」

「あうぅ……わ、私は『敵』って言われちゃってるんです……」

本物の『勇者』!?　竜や悪魔を打ち倒すっていう、あの!?

そ、そんな存在が――……『悪魔』を……狩りに、来た？

母様がゆっくりと、剣を抜かれます。微かに声が震えています。

「……リディヤ、止まりなさい。止まらないのなら……私は、貴女を力ずくで止めなくてはならなくなる……」

胸が締め付けられます。私とリリーが、しっかりしていればっ……！

アリスさんも目を細め、冷たく通告。

「単なる泣き虫毛虫。今の貴女なんか私の敵じゃない。止まれ。……アレンが泣く」

その言葉に……拘束を解こうとしていた姉様の動きが止まりました。

私達は固唾を呑みます。

前方には『血塗れ姫』リサ・リンスター。

後方には『勇者』アリス・アルヴァーン。

かつて南方最高の闇属性魔法士と謳われた『影守』マーヤ・マタと回復を終えたリリー、私達だっています。普通に考えれば、どうすることも出来ません。

「……リディヤ」「泣き虫」

母様とアリスさんが、それぞれ言葉を発した――次の瞬間でした！

周囲に蠢く、数千の炎蛇が次々と私達へ飛び掛かり、

『！』

痛烈な光を発生させ、弾け飛びました。咄嗟に、魔法障壁を張り巡らせながら、両手で目を守り吹き荒れる炎風の中、「姉様っ！」と叫びます。

閃光と衝撃が収まり、目を開けると——姉様の姿は何処にもありませんでした。

天井には更なる大穴が開き、炎が揺らめき、黒雲に閉ざされた空が見えています。

まさか……そんな……『剣姫』リディヤ・リンスターが戦わずに、逃げた⁉

母様が唇を噛み締められ、力なく剣を下ろされました。マーヤも泣きそうです。

姉様は……姉様は、行ってしまわれたんです。

東都へ。兄様の居場所を知っているだろう、グラント・オルグレンを襲う為に。

私の手から、折られた愛剣と姉様の剣が滑り落ち、音を立てました。

身体から力が抜け頬を冷たい涙が伝い、へたり込みます。

「リィネ！」「リ、リィネ御嬢様！」

ティナとエリーが近づいてきました。けれど、立ち上がれません。

薄蒼髪の公女殿下が私の両肩に手を置き、揺すってきました。

「リィネ！　泣いている場合じゃありません。急いでリディヤさんを追わないと！」

「…………もう、無理です」

「？　リィネ？？」

涙で視界が曇ってきます。

……姉様が……私に、本気で攻撃をしかけてくるなんて……。

ティナが更に揺すってきます。

「何を言ってるんですかっ！　今、先生はいないんですよ⁉　だったら、私達がリディヤさんを助けなくて、誰が助けてくれるんですかっ！」

涙を拭い、お気楽な薄蒼髪の公女殿下の手を払いのけます。

「無理ですっ！　絶対に、絶対に無理ですっ‼　私に兄様の代わりなんて……最初から、出来るわけがなかったんですっ！」

「リィネ！」

「っ！」「ティナ御嬢様っ」

痛みが走り、エリーも息を呑んだのが分かりました。

——ティナに頬を張られたんです。

私へ鋭い視線をぶつける公女殿下が立ち上がり、見下ろしてきました。

右手の甲には『氷鶴』の紋章が清冽な光を発し、手首のリボンにも反射します。

「……もういいです。だったらリィネは泣いていてください。リディヤさんは私とエリーと、御姉様が止めてみせますっ‼」

怒りが噴き出してきました。立ち上がってティナに摑みかかります。

「……貴女は直接、戦っていないから言えるんですっ！　私達が、姉様を……あんな『剣姫』を止められる筈ないっ‼」

「……なら、黙って指を咥えて泣きながら、待っているんですか？　魔法が使えなかった頃の私みたいに。そんなこと、先生だったら絶対にしませんっ！　そうでしょう？」

「……ティナ……」

親友が私の手を強く握りしめてきました。表情を崩し、聞いてきます。

「――リィネ、憶えてますか？　王立学校の入学式の日、馬車の中で先生に言われたこと。『力は自分や大切な人、信念を守る時に使ってください』って」

……憶えています。兄様の御言葉は、全部、全部、憶えています。

ティナが大人びた表情で微笑みました。

「私は魔法が使えませんでした。この力は先生からいただいた。だから……だからっ！」

後の言葉はなくとも――伝わります。

姉様も兄様も私達にとって、大切な御方です。

その方達を救う為に、ただただ己が全力を尽くす。迷うことなんかない。

……気付けたのは、

「リィネ？」

目の前にいるこの子のお陰ですね。認めるのは癪なので、言いませんけどっ！

私は折れた剣と姉様の剣を拾い、鞘へ納め、腕組みをして早口で告げます。

「――仕方ないですね。首席様が一人で行くのは不安でしょうがない、と言うので、一緒に行ってあげます。感謝してくださいね？」

「なっ⁉　『無理です。ぐすん』って、泣いてた次席様は何処の誰ですかぁっ！」

「知りません。誰ですか、それ？」

「ぐぐぐ……」

「テ、ティナ御嬢様ぁ、リ、リィネ御嬢様ぁ」

「「わぷっ」」

二人してエリーに抱きしめられてしまいました。もう一人の私の親友はにこにこ。

「えへへ～♪」

「「……ぷっ」」

私とティナはメイドさんの腕の中で、笑い合います。

——私達なら、必ず、姉様と兄様をお救い出来る筈です！

「うふふ～いいですねぇ」

リリーが両手を合わせています。さっきまで暴れまわっていたとは思えませんね。

私達を慈愛の視線で見つめてくださっていたステラ様が、気品溢れる動作で母様へ一礼されました。

「リサ様、お久しぶりです」

「……ステラ、見違えたわね。それに、『勇者』様も」

「ん。大して強くないけど、アレンの魔法を覚えているから厄介。しかも、中には『炎麟』。『魔女』の末裔で大精霊持ちの忌み子。あのままだと——史上空前の十六翼堕ちになるかも。でも、まだ間に合う。でしょう？　風の姫」

アリスさんが、天井の大穴へ視線を向けました。凛とした声が響きます。

「その通りだっ！」

——認識阻害魔法が解除され、姿が浮かび上がってきます。

「！　あれって」「蒼翠グリフォンさん？」

ティナとエリーが驚きの声を発する中、ゆっくりと蒼翠グリフォンが地面へ着地。

古い槍を持った翡翠髪のエルフの美女が降りたち、王立学校の制服に外套を羽織った狼族の少女も続きます。制帽ではなく花付軍帽です。

ステラ様が嬉しそうに名前を呼んで、駆け寄られ、

「カレン！」「ステラ！」

抱き合われました。王立学校副生徒会長にして、兄様の義妹であるカレンさんです。

『風の姫』……ティナが呟きます。「御母様に教えてもらった『翠風』様？」

レティシア・ルブフェーラ様は、ステラ様とカレンさんを温かく見つめられた後、アリスさんに視線を移し「……当代の『勇者』。百年ぶりか」と零され、俯く母様の傍へ。

「……レティ……私は……」

「恥じるな。娘へ平然と剣を向けられる母親なぞおらぬ。あの娘、余程カレンの兄を想っておる。『悪魔』に堕ちきっていればまず逃げぬ。『勇者』とて、多少は待とうよ」

「時と場合による。──風の姫。忌み子だった貴女へ問う。八翼から戻れるの？」

『！』

アリスさんの問いかけに、驚きが走りました。……『翠風』様が元忌み子？

レティシア様は自分を指さされニヤリ。

「戻れる。その実例は──ほれ、此処におる！」

『勇者』様は首肯。ステラ様へ近寄られ抱き着かれました。

「そう。なら、待つ。私は彼に借りがあるから。狼聖女、眠い。同志と仮同志、朝になったら起こしてほしい。……私の敵その一と、私の敵その二は王都で留守番が妥当！　強い遺憾を表明。紫がぅがぅは頑張った。その短剣もいい子」

「アリスさん？」「はい！」「あぅぅ……」「わ、私も敵ですかぁぁ⁉」

ステラ様が戸惑い、ティナは敬礼し、敵認定のエリーとリリーが項垂れます。

この扱いの差は……胸元に視線を落とします。ま、まだ、成長期ですし！

カレンさんは「……がぅがぅ？」と小首を傾げています。

——寝息が聞こえてきました。寝てしまったようです。

レティシア様が呵々大笑されました。

「はっはっはっ！　剛毅なものよ。——この場にいる者達には折角だ、教えよう。『忌み子』の本当の意味をな。この屋敷の周囲は、『流星旅団』とロッドと夜猫、それに悪教授の教え子達と、リンスター、ハワードのメイド達が制圧しておる。邪魔は入るまいよ」

！　『流星旅団』って、あの伝説の？

しかも、王立学校長と……私達はカレンさんを見ます。

「アンコさんと兄さんの大学校の後輩さん達です。此処まで、私を護衛してくれました」

　母様が待機しているマーヤへ指示を出されます。

「マーヤ、敵兵を全て拘束し、結界を」

「はい、奥様」

　すぐさま、元副メイド長は左手を振りました。倒れている多数の敵兵が黒糸で締め上げられ、私達だけを囲むように黒の結界が張り巡らされます。

　レティシア様は結界が張り巡らされたのを確認された後、口を開かれました。

「時もない。『忌み子』とは表向き、生まれつき魔法が使えない子、とされている。が、真の意味はな――『悪魔』になる可能性を持ち、その呪いを刻まれた子を指す隠語なのだ。このことを知るは、王と四大公爵と極一部の貴族のみよ」

『…………』

　私達は絶句。ティナが両手を握り締めるのが分かりました。

「無論、全員が全員、そうなるわけでもない。大半はそのままだ。その代わり、二十歳までに魔法を使えなければ、まず――死ぬ。使えれば当面心配はいらぬ」

「じゃあ……じゃあ姉様は『悪魔』になりそうだと言うんですか⁉」

　私は思わず、口を挟んでしまいました。リリーも表情を強張(こわば)らせています。

「あのままならばな。まだ引き戻せるとは思うが……問題は足だ。東都への鉄道網は寸断されておる。グリフォン、飛竜でも、八翼の者に追いつけはしまい」

「そ、そんな……」「あぅぅ……」「追いつけないいんじゃ意味が……」

私達は臍を噛み、俯きます。……姉様。

レティシア様が嘯かれます。

「それでも――汝ならば可能であろうが？　『花賢』チセ・グレンビシー」

突如、空間が歪みました。マーヤの結界を突破する転移魔法⁉

出現したのは、花帽子を被り自分の身長よりも長い杖を持ち、背中に透明の羽を持つ、淡い橙髪の半妖精族の女性魔法士でした。さっき、通信で聞いた名前……。

虚空に浮かびながら、チセ様がレティシア様を睨まれます。

「……他人事だと思って言ってくれるね。『血塗れ姫』、心から同情するよ。でも、八翼堕ちは只事じゃない。『勇者』まで出張ってる。最悪に備えるべきだと私は思うがね」

「ほぉ。ならば」「……チセ様」「出来ないいんですか？」

ティナが突然、会話に口を挟みました。

チセ様は目を細められ、呟かれます。「…………忌み子に大精霊、だって？」

ゆっくり、と私達の前にチセ様が降り立たれました。身長は私達と同じくらいです。

まじまじと、ティナ、次いでステラ様とエリーを見られ、瞳を見開かれました。

「……まさか、こんな、こんなことが……この世界は何て――……。カレンや」

とても優しい声でカレンさんの名前を呼ばれました。

「はい」

「あんたを護衛していた者の中に、『ティヘリナ』と『グレンビシー』がいたかい？」

「？　テトさんとスセさんのことですか？」

「ああ、いたんだね。なら、話はもっと簡単だ。――副長、リサ・リンスター」

「何じゃ？」「……何でしょう？」

「人を集めておくれ。戦略魔法を発動させる」

戦略魔法⁉

国家の有事以外は使用を禁止されているっていう、あの？

レティシア様と母様は沈黙され、居住まいを正されました。

「――心得た。ロッドと夜猫、教授の教え子達、ルブフェーラからも人を回す」

「……感謝を。リンスターからも人を回します。マーヤ」

「はい、奥様」

「チセ様」「……力をお貸しくださるのですか？」

カレンさんとステラ様が、質問されます。

すると、伝説の大魔法士様は、とてもとても穏やかに微笑まれました。

「当たり前じゃないか！　私達は、あいつとの――お人好しな私達の唯一人の団長との約束を果たす為に、こんな所まで出張ったんだ。すぐに東都へ。その後はカレンの兄が捕らわれている場所へ！　――ああ、あと、私事なんだがね」

チセ様は、花帽子のつばをおろされます。

「あんた達の家庭教師は、私の終生の親友だった『ティヘリナ』の末と、勘当した曾孫をも助けてくれたらしい。――この『花賢』チセ・グレンビシーに全て任せておきな！　必ず、『剣姫』よりも先に東都へ送り届けてやる！」

「「「「はいっ！」」」」

私達は一斉に返事をしました。そんな私達を母様とレティシア様は温かく見つめてくださいます。リリーは「……う～、私もそっちがいいですぅ……」と指を咥えていますが。

ティナが長杖を高々と掲げ、宣言しました。

「東都で、リディヤさんの目を覚まさせます。そして、今度は――私達が先生を助けるんですっ！」

第2章

「まずは――小手調べね」

僕の目の前で、右手に魔剣を持ち、深紅の長髪で小さな眼鏡をかけている魔法士の少女――リナリア・エーテルハートは、無造作に左手を掲げ、勢いよく振り下ろした。

顕現していた凶鳥――炎属性極致魔法『火焔鳥』が、僕に襲い掛かってくる。

魔法に介入を試みるも、

「くっ！」

尋常じゃなく複雑な暗号式に阻まれて、不可能。

リディヤの御祖母様、『緋天』リンジー・リンスター様とした会話を思い出す。

『アレンちゃん～魔法は奥深いものよ♪』

思考を切り替え、耐炎魔法と足に風魔法を発動させながら、全力後退。

牽制で少女に対して光属性初級魔法『光神弾』を静謐発動し、囲むように放つ。

……が。床を転がり、『火焔鳥』の襲撃を躱した僕は呻く。

「嘘でしょうっ⁉」

「子供の頃、弟や妹がよくこうして遊んでいたわ。精度、速度共に当時のあの子達以下ね」

少女がせせら笑う。

信じ難いことに……彼女は剣どころか魔法障壁すら展開せずに、全ての光弾を同数同威力の光弾で相殺していた。遅滞発動や静謐発動したものも全てだ。

神業過ぎるっ！

床から跳ねるように立ち上がって駆け出すと、凶鳥が僕目掛けて急降下。

体勢が悪い。このままだと……躱しきれないっ！

土属性初級魔法『土神壁』を足下に発動。反動で跳び上がり、風魔法で身体を制御し無数にある、周囲の本棚の上へ退避。

けれど、『火焔鳥』は追撃して来ず、優雅に広い室内を旋回。炎羽が床に落ちると荊棘の炎蛇が生まれていく。

込められている魔力は桁違い。とうの昔に部屋が炎に包まれていてもおかしくない。

だが——何も燃えていない。

机や椅子、無数の本棚と古書類は無傷。実害が出ているのは、肌を焼かれた僕だけだ。

先程から一歩たりとも動いていない、右手に剣を持った少女を見やる。

身体は薄く透けており、生者ではない。

——彼女は約五百年前の大陸動乱時代の大魔法士。

歴史上唯一人、前衛と後衛の最強称号、【天騎士】【天魔士】の座に単独でつき、【双天】を名乗った、人類の到達地点にして絶無な存在。今の時代では『炎魔』の異名で知られていて、名前は僕が知る限り記載されている資料はなかったように思う。

その戦歴は凄まじい、の一言。

僅かに伝承として残ったものだけでも——

『大魔法『炎麟』の力を用い、東都を半ば焼け野原にした』

『七種の戦術禁忌魔法を紅茶が冷める前に創り出した』

『大陸に四頭残存していた恐るべき魔獣『針海』の内三頭を単独で討伐した』

『不死を豪語した吸血鬼の王を七日七晩、滅し続け消滅させた』

『水都大議事堂地下に死した水竜の遺骸を埋葬し、封じた』

という、信じ難いものがずらっと並ぶ。

正直言って、英雄譚の類であり……長い年月を経た中で脚色され、事実ではないのではないかと思っていた。だが、先程の光弾の迎撃を見てしまうと、揺らぐ。

『光神弾』は世に知られている魔法の中でも、最速に分類されるものの一つ。

それを、同数同威力で完全相殺する……。

魔法士を志して以来、魔法制御の練習を欠かさなかったからこそ分かる絶望的な差。

眼下の少女は、『天才』という言葉の枠に収まり切らない大きく逸脱した理外の存在だ。

何より……優雅に舞う『火焔鳥』を見やる。僕が見て来た魔法の中で随一。

使い手の本人は消えかけ、圧倒的に力が落ちている状態で、だ。

「…………はは」

乾いた笑いしか出てこない。

——王立学校の入学式でリディヤと出会って以来、実力不相応の相手と戦ってきた。

最早、天災そのものと言ってもいい、恐るべき怒れる黒竜。

人族最悪の敵にして、単体で国家にも抗し得た四翼の悪魔。

闇に潜み、極々稀に歴史の表舞台に出現する吸血鬼の真祖。

千年の時を生き、幾つかの小国を滅ぼしてきた魔獣『針海』。

黒竜戦の時は、『勇者』アリス・アルヴァーンがいなかったら、死んでいた。

四翼の悪魔と真祖の時は、今は亡き僕の親友、ゼルベルト・レニエの助力があった。『針海』を倒せたのは魔獣が老い、力を大きく落としていたのと、リンスター公爵家メイド長のアンナさんも参戦してくれたのが大きい。

何より……僕は拳を握り締める。

こういう時は何時だって、僕の隣にはあいつが、リディヤがいてくれた。

僕等は二人でいれば無敵。――……僕の方がそう強く信じてきた。

けれど……今、僕の隣にリディヤはいない。

僕一人の力で、【双天】の信頼を勝ち取る――つまり、大精霊『雷狐』こと、アトラを外に連れ出しても問題ない、という実力を示さないといけないのだ。

……とんでもない無理難題だな。

せめて、何かしら武器が――リナリアの姿が掻き消えた。

魔力の微かな揺らぎを感じ取れたのは、積み上げてきた鍛錬の成果故か。

後方上から悪寒と、淡々とした指摘が降って来た。

「鳥だけに気を取られていると……簡単に死んでしまうわよ？」

「！」

咄嗟にしゃがみ込み、魔剣の横薙ぎを回避。短距離戦術用転移魔法っ！

空中に十数個の氷鏡を浮かべ跳躍。それを足場とし距離をとるも、『火焔鳥』が再攻撃。

氷鏡が次々と消失する中。必死に逃げ回る。

「稚拙な氷ね。妹は鏡から鏡へ転移していて、容易に位置を悟らせなかったわよ？」

少女は僕の魔法を冷たく論評し、無造作に魔剣を振るった。

射線上にある氷鏡は悉く切り裂かれ、余波で残りもバラバラにされる。

「じ、冗談っ！」

辛うじて斬撃を回避。空中に投げ出されるも浮遊魔法を一瞬使い、姿勢制御。離れた本棚の上へ退避することに成功。視界の外れに小さな棚が見え、その上方に数枚の絵が立てかけられ、壁には短剣が飾られているのが見えた。

徒手で凌げる相手じゃない。あの短剣を入手しないと……。

ただし、場所はリナリアがいる本棚の後方。一度は突破しないといけない。

本棚の上に立った少女が魔剣を肩へ置く。

「そんな子供だましを実戦で使う子なんて弟以外で初めて見たわ。どうせ使うなら」

「……今度はいったい何ですか？」

全力で警戒しつつ魔法を紡ぎ続け、最適解を模索する。一手も間違えられない。

リナリアの足に美しい翡翠色の風が渦を巻いていく。

魔剣をゆっくりと僕へ向け、やや前傾姿勢に。突きの構えへと移行。

『火焔鳥』が急加速して、僕へ突撃を再開。

床からは荊棘の炎蛇が次々と跳び上がってくる。三方同時攻撃か！

誘い出しなのを理解しつつ、氷鏡を再び中空に展開。

「ぐっ！」

凶鳥の攻撃を間一髪で躱し、水魔法で焼ける肌を強制冷却。

天窓付近の鏡を一時的な足場とした、次の瞬間——

「こっちを使いなさいっ！！！！」

少女が僕を貫くべく本棚を蹴り空中に躍り出た。

翡翠色に渦巻く風と鮮やかな残光がはっきりと見える。

「飛翔(ひしょう)魔法っ⁉」

存在は知っていたし、教え子の一人でもあるエリー用に魔法式は試作したものの……実際の使用者を見るのは初めてだ。必死に思考を巡らす。

攻撃魔法で迎撃するか？

——否。たとえ、完全に虚を衝(つ)いても僕が使える攻撃魔法では、掠(かす)り傷すら負わせられないだろう。打ち合いは絶対に避けるべきだ。

では、後退するか？

――否。空中機動力で圧倒的劣勢なのに、一時的な回避は自殺行為。

初撃は凌げても、第二撃を躱せない。

――結論。

ふっ、と息を吐き、

「こうするしか……ないですよねっ！」

「！　……へぇ」

幾つかの魔法を紡ぎつつ妹のカレンの技も模倣し、雷魔法で感覚を活性化。

鏡を思いっきり蹴り、リナリアへ向けて突撃を敢行！

初めて少女の顔に戸惑いが生まれ――餓狼の如く笑い、鋭い犬歯を見せた。

「いいわ……上等よっ！」

渦巻く暴風を従えた必殺の突きに激しい恐怖を感じる。

まともに喰らえば……。

『いいか、アレン？　相手の攻撃をな、最後の最後まで、こうやって目を、かっ！　と開けて見極め、にっ、と笑ってやるんだ。恐怖に負けるな！　お前なら出来る。俺はそう信じている。何せ、お前は俺の自慢の弟子だからな』

獣人族新市街で起きた狐族の『アトラ』の悲惨な事件の後、殆どの獣人が僕を腫れ物のように扱っていた頃でも、豪快に笑い、背中を押してくれた体術の師を思い出す。

引き攣った顔で無理矢理笑い、リナリアが纏う烈風を自身の風魔法で耐えられる威力にまで、緩和。ギリギリまで引き付け——

「っ！」「…………へぇ」

歯を食い縛り、貫かれる半瞬前に身体を捻って回避に成功！

烈風に煽られ身体が一時的に反転。

僕を貫きそこねたリナリアは見事な姿勢制御で、天窓に何の衝撃も与えず身体を入れ替えた。出鱈目！　という言葉が頭を駆け巡る。

紡いでいた闇属性初期魔法『闇神糸』と水属性初級魔法『水神鎖』を発動し、荊棘の炎蛇を一時的に拘束。

こじ開けた床に必死の思いで着地。

全力で壁目掛け、再跳躍しかかっていた短剣を手に取る。

一瞬だけ見えた絵に描かれていたのは——今とは異なるものの王立学校の制服を着た笑顔のリナリアと若い少年少女。髪の色も違うし顔も似ていないが、弟さんと妹さん？

「——誰がその短剣を取っていい、と許可したのかしら」

「⁉」

僕の前方に転移してきたリナリアの突きを短剣の鞘で受け、吹き飛ばされる。

一回転しながら、浮遊魔法で衝撃を殺して床に着地。拘束を逃れた炎蛇が円を描き、完全包囲。『火焔鳥』も降り立ち、魔剣へと吸い込まれた。短剣の柄を握り締める。

「……無駄よ。それは抜けない。私にも抜けなかった。抜けるのは、弟と妹だけ……」

リナリアが目を細め冷たく告げてきた。先程の突きを受けても、見たこともない紋様が描かれた鞘は傷一つついていない。これもまた……魔剣の類か。

少女は魔剣を床に突き刺した。膨大な……余りにも膨大な魔力が集束していく。

こ、この魔法の感覚……ま、まさか……⁉

リナリナが僕を真っすぐ見てくる。

「小手調べは終わり。エーテルハートの始祖が編み出した秘呪を元に、私が創った禁忌魔法『緑波棲幽』――特別に見せてあげる。凌いでみせなさいっ！」

リナリアを中心として、複雑な魔法陣が部屋全体に広がっていく。ま、まずいっ。

直後、床を突き破ってきたのは多数の植物の枝と根――やっぱり植物魔法っ！

「人族の使い手は僕以外だと初めて見た、なっ！」

僕は『炎神波（えんじんは）』を高速発動。枝と根を焼き払い、荊棘（けいきょく）の炎蛇を『氷神波（ひょうじんは）』で抑えながら、一番高い本棚へ跳躍。天窓付近に氷鏡を形成し、飛び乗る。

眼下を見やると——様相は一変していた。

下手な訓練場よりも広大な室内は森林と化しつつあり、炎蛇も呑（の）み込まれていく。

「……まさか、こんな規模の植物魔法が……」

大陸動乱で使われた禁忌魔法は、現代において全ては伝えられていない。

僕が知る限り、確実に発動する魔法式が残されているのは、『炎魔殲剣（えんませんけん）』くらいだ。

今では大陸内で使い手は殆どいないと考えられる魔法を、こうも容易（たやす）く……。

その間も家具や本棚に枝が絡（から）みつき、引き倒していく。

無事なのは、リナリアが佇（たたず）む周辺と飾られていた小さな棚くらいだ。

——少女が魔剣を抜き、魔法の発動が終わった。

極僅かな時間で景色を変えた、恐るべき魔法士が僕を見上げる。

「……この程度で驚かないでほしいわね。そもそも、植物魔法はさっきも言った通り、『最後の魔女』の一人であるエーテルハートの始祖が創始した魔法。獣人族で広まったのは世界樹の恩恵を受けたのと、始祖の養子に獣人がいたからに過ぎないのよ？」

「……世界樹？　エーテルハートの始祖……？」

知らない単語に頭が混乱。……でも、今は後回しだ。

僕は短剣の柄を握り締めた。

「…………抜けないわ、絶対に」

そこに懇願が込められているように感じられたのは、僕の気のせいか。

まぁ、どっちみち――

「やってみないとっ！」

「!?」

柄に力を籠め、気合を言葉にのせ、

――僕は短剣を引き抜いた！

現れたのは片刃で、今まで僕が見て来た中でも最も美しい白蒼翠黒の波紋を持つ剣身。

直後、凄まじい雪風が吹き荒び、天窓近くにまで伸びていた枝を凍結。

重さに負け、折れて落下し砕ける。次いで、本体の木々までも凍り付かせていく。

「…………………これは」

余りの魔力に絶句。

リンスターに伝わる炎の魔剣である『真朱』に匹敵するか、凌駕する氷の短剣⁉

しかも、この氷……。水・風・光、そして闇の四属性。全てが未知の魔法式だ。

リナリアもまた呆然とし、言葉を零す。

「……ああ、そうなの……そういう、ことだったの……貴方は、あの子の……」

一筋の涙。僕を見つめ、美しく微笑んだ。

「――……狼族のアレン、だったかしら？　【双天】リナリア・エーテルハートが貴方を勇士と認めます。その短剣は……私の最愛の弟と妹が魔力を込めて、私に御守りとしてくれた短剣は、臆病者には決して……決してっ！　抜けないっ‼　……だからこそ」

大魔法士が左手を高く掲げた。

「っ！」

樹木が軋み震え、僕も目を見開き、左手で防御する。

――空間が歪み、神聖さを帯びた魔杖が出現。

材質は色合い的に木製。先端部分には美しい宝珠が埋め込まれ、花を思わせる。

紛れもなく……とんでもない代物だ。

少女が右手に魔剣、左手に魔杖を構え、不敵に笑う。

「――本気を出さなくては非礼になるでしょう？　誇りに思いなさい。私に両手を使わせた時点で貴方、大したものよ？」

「……………もう、言葉が出ません」

僕は苦笑する他はなく、落ち着いて短剣を握り直す。

――込められている魔力があれば極致魔法や他の魔法も発動出来るだろう。

問題は、世界最強の剣士にして魔法士に果たして通じるのか？　ということ。

リナリアが魔杖を大きく振った。


――八つの魔法陣が空間に浮かび、八羽の『火焔鳥』が顕現。

更に、少女の背にも深紅の炎翼が八翼。魔剣と魔杖の穂先も鮮やかな紅に染まる。

両目を瞑り――開くと瞳もまた紅に染まった。魔力が跳ね上がる。

「今はこれが限界。魔女の秘呪や全属性極致魔法、十六翼を見せられなくて残念だわ。私は優しいから、もう一度言ってあげる。死力を尽くしなさい。アトラの魔力を、」

「使いません」

リナリアの眉がピクリ、と動いた。僕は肩を竦める。

「だって、あの子は今、すやすやと眠っているんですよ？　起こしたりしたら可哀想じゃないですか？　あと——僕も男なので、出来れば一人で頑張りたいんです。女の子を相手にして、言う台詞じゃありませんけどね」

「………昔、弟もそう言っていたわ。それじゃ」

空気が変わった。リナリアの長い髪が魔力で浮き上がる。

「貴方の全力を見せてみなさいっ!!!!!」

「望むところですっ！　いきます!!!!!」

僕は、短剣の魔力を制御出来る限界まで引き出し——氷と光の極致魔法『氷光鷹』を二発発動！

白蒼の光が舞い荒れ狂う雪風と共に、三羽の氷鷹が八羽の凶鳥に突進していく。

同時に——疑似『雷神化』。短剣を放り投げ雷槍とし、リナリアへ立ち向かう。

魔女の末裔が嬉しそうに相好を崩した。

「……へぇ、自力で『銀氷』に近い魔法を創造したの……やるじゃない。でも」

三羽の『氷光鷹』は一羽の『火焔鳥』と相殺。消失。

雷槍の振り下ろしも――

「っ！」「私には届かない」

次元が違う魔法障壁に阻まれ届かず。雷が四散していく。少女の嘆息。

「……男の意地だか何だか知らないけれど、工夫もないなんて……残念だわ！」

「うっ！」

炎翼が一気に力を増し、弾き飛ばされる。

リナリアは浮かび上がり、魔剣と魔杖を十字に重ねた。

残存する『火焔鳥』も次々と吸い込まれ、精緻極まる魔法陣が空間に現れる。

中で動いているのは――『剣翼を持つ荊棘の大炎蛇』！

少女が傲岸不遜に言い放つ。

「今、私が放てる最高魔法よ。――エーテルハートの始祖は『石蛇』と共にあり。そして、それを元に魔法を考案した。まともに防いでみせたのは……『氷鶴』と共にあった妹くらいね。二人目になってみなさいっ！」

僕は素直に返答する。

「……真正面からはとても無理です。なので」

「？　ちっ！　貴方、私の魔力に似せてっ！」「小細工を使わせてもらいますっ！」

静謐発動し、上空で隠蔽待機させておいたもう一羽の『氷光鷹』がリナリアを奇襲！

虚を衝かれた少女は、魔法を即中断。

魔剣を一閃し鷹を両断し――無数の氷と光の蔦へと変化。

「なっ⁉」「まだまだっ！」

再び極致魔法『氷光鷹』を発動し二羽共、短剣で受け集束――『蒼槍』を発動。

全力でリナリアへ投擲！

「甘いっ！！！！！」

炎翼が氷蔦を引き千切り、少女は自由を回復。投擲した『蒼槍』を魔杖で迎撃した。

猛烈な吹雪と業火がぶつかりあう。

短剣に込められていた膨大な魔力は猛威を振るい、束の間拮抗。

白霧が発生していき……折れた短剣の剣身が壁に突き刺さる。

リナリアは魔剣で霧を吹き飛ばし、

「これで――」「最後ですっ！」

「⁉」

リディヤに渡した試製短距離戦術用転移魔法『黒猫遊歩』を用い、僕はリナリアの頭上に遷移。残り二発の魔法を解き放つ。

炎属性極致魔法『火焔鳥』と氷属性極致魔法『氷雪狼』！

零距離からリナリアへ叩きこもうとし——射線上に、小さな棚と絵が入った。

少女は転移魔法を超高速発動しようとし、瞳が微かに揺れる。

……あれはこの少女にとって、とても大事な物なのだろう。

このまま放てば、巻き込んでしまうかも。半瞬、躊躇。

「隙ありっ！」「！　しまっ！　がっ！」

転移魔法で更に上を取ったリナリアが、魔杖を痛烈に打ちつけてくる。

僕は防御も出来ずまともに喰らってしまい、魔法が霧散。床へと落下。

「っ……」

左手を動かし浮遊魔法を発動。激突を免れる。

けれど、意識が暗くなり……そのまま僕は気を喪った。

「────♪」

……誰かが楽しそうに歌っている。

この歌、アトラが歌っていたのと同じだな。後頭部が温かい。

……血だろうか？　痛みは感じないけれど。目を開けてみる。

すると、深紅の髪がさらさらと落ちてきて、覗き込まれた。

そこにある表情は──心からの安堵だ。

「気が付いたみたいね？」

「……へっ？」

状況を把握し、気の抜けた声が出る。

──床に座り僕を膝枕していたのは、リナリアだった。瞳の色は戻り、炎翼もない。

「す、すいませんっ！　す、すぐにどくので……」

慌てて起きようとすると、肩を押さえられ制止された。何という剛力。う、動けない。

「駄目よ。治癒魔法はかけたけれど、まだ寝てなさい。もう一度かけるから。私の膝枕を体験した男の子は二人目よ？　光栄に思いなさい♪」

「は、はぁ……」

困惑しつつも従う。経験則上、こういう時に逆らうとロクな目に遭わない。

周囲を確認すると先程の惨状は影も形もなく、元の部屋に戻っていた。原理は不明。天窓からは温かい陽の光。小さな棚には折れた短剣が立てかけられている。

リナリアが僕の頭に触れ治癒魔法をかけながら、楽しそうに話し始める。

「……貴方って変な『欠けている鍵』ね。大陸動乱中に遭遇したのや、二百年前の狼は自分の能力をもっと使っていたわよ？　アトラと魔力を繋げば善戦は出来たでしょうに」

「……あんまり好きじゃないんですよ、この能力。そもそも、『鍵』って言われても、よく分からないですし。知っているなら教えてください」

「あら、そうなの？　でも、残念。私もよくは知らないわ。知っているのは、大精霊達が貴方達みたいな人間を『鍵』と呼んでいることと、他者と魔力を繋ぐ能力を持っていること。貴方以外の『鍵』は、相当な魔力を自前で持っていたのと、結界や封印をいとも簡単に解いていたことくらいね。戦争中、何度かやり合ったけれど苦労したわ」

「……なるほど。なら、確かに僕は欠けていますね」

僕はアトラの力を借りてここの『封』を解いた。一人では無理だったろう。

リナリアが僕の頭を撫で回す。

「あの狼は『もう『鍵』はいません。俺が最後の一人です。だからこそ――使命を果たさなくちゃならない』って言ってたわ。餞別の短剣を二振り渡して、とっとと追い返したからそれ以上は知らないけれど。さて――狼族のアレン。貴方の講評をします」

「……へっ？」

僕は少女の顔を見つめる。

……こうして見ると、綺麗な人だな。リディヤに似ているかもしれない。

少女が左手の人差し指を立てた。

「まず、魔力！　ほぼ無しッ！」

「うぐっ！」

僕は胸を押さえる。無しって……。リナリアは悪女の顔で、続ける。

「次は剣技！　基本が出来てるくらいっ！」

「ぼ、僕は、け、剣士じゃないですし……」

震える声で反論。

リディヤにバレたら、『私が教えたのに……特訓が必要ね』。絶対に秘匿しないと。

「三番目は体術！　度胸は買うし、悪くはない。でも、戦場だったら……うふ♪」

「………」

両手で顔を覆う。……体術だけは、密かに自信があったのに。

「四番目は魔法制御！　そこそこね。修練を。最後の隠蔽魔法は良かったわ」

「あ、ありがとうございます」

突然、褒められ、ドギマギしてしまう。

「最後に——貴方には人並外れた勇気と優しさがある。さっき躊躇ったのは、射線上に絵があったからでしょう？　戦士としては失格ね。でも……人としては間違っていない。絶対に間違っていない。貴方の御両親はきっと良い方達なのね」

「僕の自慢です。妹も。……短剣、勝手に使ってしまい申し訳ありませんでした」

大きく頷いた後、謝罪を口にする。まさか、折れてしまうなんて……。

リナリアは頭を振った。身体から光が散り始めている。

「貴方が抜いてくれなかったら朽ちただけよ。最期に、あの子達の魔力を感じられて、嬉しかったわ。ありがとう」

「……ですが」

言い淀むと、少女も暫し沈黙。

やがて、静かな願いを口にした。

「——なら、私の話に少し付き合ってちょうだい。そんなに時間は取らせないから」

＊

私は神都で生まれたらしいわ。

……何で、伝聞形かって？

生まれてすぐにエーテルハートへ養子に出されたから、よく分からないのよ。

炎が強い家系だったんじゃないかしら？　髪もこうだしね。

——エーテルハートは古い古い魔法の家。

始祖は、さっきも話したわね？

そ、植物魔法を創始した、最後の魔女の一人。私にも別系統の血が入っていたらしいわ。

……『魔女』の意味を貴方達は知らないのね。例の狼もそんなことを言っていたっけ。

そこから類推するに……種族としてはようやく滅びたんでしょう。

私が生きていた時代でも、エーテルハート直系の血は濁りきっていたし。

——話を戻すわね。

かつて、この大陸には『魔女』と呼ばれる種族がいたのよ。比喩表現ではなく、本物の。

戦場でやり合った経験からすると……あれは、人の形をした別物ね。私は『魔女擬き』らしいわ。血が薄いんですって。

多分、魔法戦だけなら竜や魔族も含めこの星で頂点に位置していたんじゃないかしら？

まぁ、接近戦でも、素手で吸血鬼を嗤いながら叩き潰すような生き物だったけど。

――エーテルハートはそんな『魔女』の末裔。

私が生きていた時代、大陸を制した帝国は斜陽を迎えつつあった。

上層部は腐敗し、他国を圧した魔法も新興国に追いつかれ……。

私は物心ついた時には剣を握り、魔法を撃っていたわ。

自分で言うのもなんだけれど、子供の頃から誰よりも強かったのよ。

当時のエーテルハート当主は強い魔法士を欲していたから、毎年のように義弟や義妹が出来て……翌年にはいなくなっていた。

今、貴方が想像したようなことはしていないわ。そういうことは絶対に出来ない家系なの。みんな、良い所の家へ出されたらしいわね。

結局、私が十三歳になり、ウェインライト王国への留学が決定した時、残っていた義弟と義妹は一人ずつだった。

義妹はエーテルハートの血を色濃く継いでいる、分家の出だったけど。

――そ、王立学校。

留学と言っても、私の役割は王都へ世界樹の苗を運び、根付かせ、生長を促進させることが主だったけどね。

え？　世界樹が何か、ですって？

……はぁ……五百年も経つと伝承も喪われているのね……。

今、説明すると、時間が足りないわ。

簡単に伝えておくと――この星を支える柱みたいな存在よ。

エーテルハートは世界樹の苗を育て、世界各地へ根付かせようとしていた。

貴方の様子を見る限り……失敗してしまったみたいね。残念だわ。

王都での暮らしはとても楽しかった。

後から義弟と義妹も来たし、友人も出来た。私の人生で最良の時だったと思う。

帝都へ戻ったのは、十五の時。そしたら、各国と戦争が始まって……。

戦争の理由？

……未だに分からないわ。いつの間にか、戦禍が大陸全土に広がっていた。

でも、人の起こす事なんて、総じてそんなものじゃないかしら。

その先は――日記を多少読んだのよね？

私の名前や、エーテルハートの記述はなかった？

……おかしいわね。それなりに書いた記憶があるんだけど。

でも、おかしくなっていた時期もあったから、消したのかもしれないわ。

ええ、散々、戦ったわよ。

戦って、戦って、戦って……。

義理の両親と一族の者達、王都で出来た友人達、戦友も大勢死んでいった。

そして——……私を愛してくれた義弟も。

あの子、連戦に次ぐ連戦で、疲弊していた私の代わりに戦場へ行ったのよ。

勿論、必死に止めたわよ！

そしたら、私へ……【双天】リナリア・エーテルハート大公へ何て言ったと思う？

『義姉さんは……リナリアは女の子なんだよ⁉　僕は男だっ！　君を絶対に守るっ‼　戻ったら、どうか僕と結婚してほしい』

……嬉しかった。本気で嬉しかった。私、あの時、子供みたいに泣いたもの。

私を女の子扱いしたのは、あの子と何処かの変な『欠けている鍵』さんだけね。

………でも、結局、義弟は帰って来なかった。

味方を逃す為、囮を引き受けて名誉ある戦死を遂げてしまったわ。

え？　爵位は『伯爵』じゃないのかですって？　後世にはそう伝わっている？

……変な事を聞くのね。

これでも、エーテルハートは世界で八家しか許されていない『大公』の家系よ！

話を戻しても良いかしら？　その後も……色々あったのよ……。

神都へ奇襲侵攻してきた王国軍と戦って義妹とも決別したし、『魔女』を攫いに来た忌々しい吸血鬼の王を焼き続けて滅したり……本当に色々、とね……。

……相打ちになったんじゃないのか？　ですって？？

はっ！　この私が妹に負ける筈ないでしょう？　姉は妹より上なのよっ！

――確かに帝国は衰退していたわ。

だけど、私がいる限り、負けなかったでしょうね。

事実、此処に引き籠るまで、前線は国外だったし。

でも……結局、最期を迎えた時、私の傍には誰もいなくなってたなぁ……。

自分が誰に、どうやって殺されたのかは思い出せないわ。防衛本能なんでしょうね。

憶えているのは、『封』を思いっきり閉めたことくらいよ。

気付いた時には、此処にいてアトラと寝ていた。

五百年、この地にいたのは単純な話よ。

私がいられるのは神域である此処と塔の中だっただけ。出たら、消えちゃうの。

だから、アトラを託せる人を待ち続けていた。……また、裏切られたけど。

——此処は何処か？　そもそも、あの黒扉は？

前者については答えられないわ。そういう約束なの。

後者の問いに関しては……私も知りたいわね。

歴代エーテルハートが継承していた古書があれば、分かるんでしょうけど……全部、灰になってしまったわ。私が義妹とやりあった時に。

言えるのは……あの黒扉は世界に一つじゃない、ということ。

そして、中にある物は今の世界にとって害となるということ。

——引き籠ったのは、うんざりしたからよ。だらだら戦い続けても仕方ないってね。

それで……戦争を終える為に『大精霊』を使おうと思った。

数百年ぶりに、私が大精霊を顕現させてしまった結果、各国は軍拡にひた走り、歪な魔法が濫造されたから、これでも責任は感じていたのよ。

……そんなことをするくらい、私が怖かったんでしょうね。

でも、仮に私と妹が極一部だけ使ったあの力を得られるならば……戦争は終わる。

当時は本気でそう信じていたの。

……でも、アトラ達の笑顔を見ていたら。

＊

リナリアが突然、喋るのを止めた。

「残念……時間切れみたいね。はい、おしまーい」

「痛っ！」

膝を抜かれ頭を床で打つ。頭をさすりながら上半身を起こし、片膝を立てる。

魔女様は左手の人差し指を立て、意地悪な笑み。

「油断しないこと！　私みたいに可愛い可愛い女の子相手にはね★」

「……肝に銘じておきます」

「よろしい♪」

少女は御満悦な様子で、てくてくと歩き、机の上に飛び乗った。

くるり、と踊るように回転。降り注ぐ陽光に深紅の長髪が反射し、とてもとても美しい。

けれど……僕は目を細める。

——リナリアの身体がさらさらと粒子になり、少しずつ消えていく。

少女は肩を竦めた。

「全部話せなかったけれど……仕方ないわね。知らない方がいい事もたくさんあるわ。所詮、私は過去に生きた人間よ。——狼族のアレン。貴方にあの子を、大精霊『雷狐』であるアトラを託します。守ってあげて」

「……確かに託されました。両親から貰ったこの名に懸けて、あの子を必ず守ります。有難うございました」

僕も立ち上がり深々と頭を下げ、謝意を示す。

【双天】に直接教授してもらった人物なんて、史上でも数える程しかいない筈だ。

少女が考え込む。

「後は、何かあったかしらね？」

「えーっと……あっ！　脱出路を教えてくださいっ！　アトラを鎖で拘束した相手と、呪印の解き方にも心当たりがあれば！　それと――忌み子の中に大精霊がいた場合はどうすれば？　解放することは出来るんでしょうか？」

僕は慌てて叫ぶ。来た時の道は閉ざされている。別の道が必要だ。

アトラや、ティナ、リディヤのことも聞いておかないと……。

リナリアが右手の手袋を外した。

「『忌み子』の中に大精霊？　聞いたことないわね。でも心配はいらない。大精霊は人を愛しているから。二百年前の狼も二人の『忌み子』を連れていたわ……。はい、これ」

この人ですら知らないのか……。

暗澹たる思いを抱いていると、少女は指から何かを取り、投げてよこした。

「？　これは？」

受け取ると――それは赤い宝石が付いている指輪だった。

「脱出路は部屋の奥にあるわ。それが鍵になる。右手の薬指に嵌めないと駄目よ？　魔法で大きさは変化する」

「……了解です」

嫌な予感がしながらも、指輪を嵌める。

……リディヤ達に見つかる前に外さないとな。命が危うい。

魔女が艶然と嗤う。

「それ、義弟が私にくれた指輪で、貴方が私の技量を超えない限り外せないから★」

「なっ⁉」

僕は絶句。すぐさま外そうとするも……びくともしない。は、嵌められたっ！

リナリアは顔に愉悦を浮かべ、続けて来る。

「アトラの呪印解呪は複数の『大精霊』なら出来ると思うわ。貴方には力を貸してくれるでしょう。彼女達はとても優しいから……。時間的猶予もかなりあるし、頑張って。ただ、魔力を繋げるのは呪印が解けるまで止めておきなさい。あの子は張り切って魔力を使い過ぎてしまうし、弱ってもいる。……忌々しい鎖に繋いだのは」

「貴女に少なくとも対抗出来る存在ですね？　魔法式からして、聖霊教」

僕は指輪を外すのを棚上げし、視線をぶつけた。少女が目を鋭く細める。

「……魔法を組んでいたのは『聖女』に匹敵する者。使者は当代『賢者』を名乗ったわ」

「！？！！」

現状、大陸内において、英雄達の称号が受け継がれているのは『勇者』だけの筈。

古においては『剣聖』もそうだったと古書には書かれていたけれど、当代――王立学校時代、リディヤに挑んできて敗れ、今は各国を旅されているあの方は違うのだ。

……そんなかつての英雄が、今も実在していると？

東都で交戦した聖霊騎士ゴーシェを思い出す。

『聖霊と、聖女様の御為に！！！！！』

まさか……盤上の向こう側にいるのは。

リナリアが自嘲する。

「本物なのか、偽物なのかは分からないわ。ただし、鎖の魔法式、あれは『聖女』がかつて、対『魔女』用に使ったものと同じだったし、奴等は私のことも、アトラのことも知っていた。気を付けなさい。少なくとも、自称『賢者』は結構強かったわよ？」

「…………心得ておきます」

此処を脱出して、オルグレンの叛乱をどうにかしたら、調べてもらわないと。

室内の光が増していく。少女が頭上を再度見上げ、視線を向けて来る。

「それじゃあね。最期に、貴方みたいな変な奴に遭遇するとは思わなかった。激動の人生だったけど、アトラが外に出られるなら全て良し！　ああ、あの子と一緒なら、長距離転移魔法が使えなくても移動はどうとでもなるわ」

僕は自分の胸を叩いた。

「アトラのことは御心配なく。此処もそのままにしておきます。再度、『封』がかかるのでしょう？　貴女のことです。自分がいなくなった後についても対応済みなのでは？」

此処にある資料は危険過ぎる。

流出してしまえば、大陸全土に戦禍を撒き散らしかねない。

けれど、この場所は寂しがり屋で不器用な魔女と幼女が、一緒に過ごした場所であり――リナリア・エーテルハート自身の墓所。

僕は父と母から死者を尊ぶことを教わっている。焼く決断は下せない。

リナリアがはにかむ。

「ん、ありがと。私が消えたら、『封』もかかるし、島ごと消してもらう約束になっているの。古い古い……それこそ、千年以上前の約束だけれど、あの一族ならば、アルヴァーンならば果たしてくれる。あ、そうだ。貴方の呪印だけど」

「！　………忘れていました」

血の気が引く音。このままだと十日を過ぎたら死んでしまう。慌てて右手首を確認。

明らかに濃くなっているものの、違和感。……指輪から、魔力が流れている？

机の上で魔女が胸を張った。

「私の指輪を着けていれば、侵食を緩和出来るわ。それに、神域内では呪いの効果も鈍くなる。刻んだ相手の逆探知と、大精霊が近くにいたら反応する魔法も組んでおいた。さ、何か言うことは？」

「……………貴女、学生時代、お節介のし過ぎで男の子に振られたりしませんでしたか？」

「⁉ な、何で、そのことを……日記！　日記ねっ⁉」

少女が頰を真っ赤に染める。

こっちの彼女が素顔の『リナリア』なのだろう。御礼を述べる。

「有難うございます。助かります。……指輪は」

「それはもう貴方の物――……嗚呼。本当に時間ね」

室内に眩く、暖かい光が満ちていく。リナリアは身体を伸ばした。

「ん～……さて、と……最後に一つだけ、忠告しておくわ」

「何でしょう？」

居住まいを正し、言葉を待つ。

対して、お節介な魔女は不吉な笑い声をあげ――呪いを告げた。

「ふっふっふっ……貴方、とびきりの女難の相よ★　私、散々、色んな英雄連中も見て来たけど、その中でもピカ一ね！　おめでとう～♪」

僕は額を押さえ、右手を振る。

「はぁ……とっとと消えてください！」

「べーだ★」

舌を出した少女の姿が光の中に消えていき――軽やかに駆ける音。

優しく優しく抱きしめられる。

「――アレン、貴方は強い子よ。とてもとても強い子よ。あの狂った時代にだって、貴方みたいに強い子は――狼の子はいなかった。でもね？　だからこそ、忘れないで。私と違って貴方には、貴方がいなくなったら、涙を流す人達がきっと大勢いる！　何もかもを一人で抱え込まないようにしなさい。そうじゃないと――何時か私みたいになってしまう。孤独でいるのはとても寂しくて、とても悲しくて、とても……辛いことよ？　誰かに頼ってもいいの！　そのことを、貴方の周囲にいる子達は心から……貴方が想像出来ないくらいに喜ぶわっ！　もう少しだけ、他者への信頼と愛情を自分へ向けてあげなさい。だって、貴方のお陰で私は人を信じて逝けるのよ？　これって、凄いことだわっ！　――……最後に貴方と会えて良かった、アトラを託すのが貴方で良かった。ありがとう。本当に本当にありがとう。心からの感謝を……。リナリア・エーテルハートはこのことを忘れない。絶対に、絶対に忘れない。たとえ、この世界から消え去っても忘れない。だって」

たった一人で、世界から大精霊を守り抜いた少女が僕と視線を合わせ、心底から嬉しそうに微笑んだ。

「貴方は、私に人の温かさを思い出させてくれたんだもの。何時かまた――」

＊

ゆっくりと、意識が覚醒していく。

「――……リナリア」

僕は上半身を起こそうとし、

「♪」

左腕に抱き着きすやすや寝ている長い白髪で、獣耳の幼女――アトラに気付き、止める。

そして、ゆっくりゆっくりゆっくり起こさぬよう腕を抜いていき、周囲を見渡す。

――此処は、昨日、僕達が辿り着いた寝室。

「……全部、夢だったのか……？」

小さく零しながら、右手を見やる。

――そこには、彼女の指輪が光っていた。

僕は瞑目し、言葉を震わす。

「…………まったく、困った英雄様ですね、貴女は」

此処が何処なのかは皆目見当がつかない。もう一度来られるかも分からない。

けれど……右手を握り締め、心臓に押し付ける。

「これは、貴女の婚約者が貴女へ贈った、謂わば形見の品……そんな大切な物を僕なんかに託して……あんな言葉と、忠告を残していくなんて……お節介な魔女様だ……」

父と母、カレン以外で、僕のことを『狼』だと断言してくれたのは、ダグさんと師匠、リディヤとアリス、そして貴女だけですよ。

――今は指輪をお借りします。

けど、何時か必ず返しに……じーっと、見つめる視線。

「？　！　‼」

アトラが元気よく起き上がり、抱き着き、頭をぐりぐりと押し付けてきた。

暫くそうしていた後、僕を見上げ顔へ小さな手を伸ばしてくる。

「…………」

「？　ああ、ごめん」

知らずに泣いてしまっていた。

『何もかもを一人で抱え込まないようにしなさい』

……………痛いなぁ。僕は駄目な奴だ。幼女に伝える。

「……アトラ、リナリアは、逝ってしまったよ」

「？　！　‼」

「……え？」

アトラは小首を傾げ、僕の胸をぽかぽか。少しだけ怒っているようだ。

上目遣いで、何かを訴えてくる。

「！」

「……また、会えるかな？」

「♪」

幼女は腕の中に収まり、歌い始めた。

その曲調は別れのそれではなく――再会を願う希望に満ち溢れたもの。

「……忠告、貴女にも当てはまるみたいですね？　アトラは貴女のことがこんなに大好きだったんです。それって、凄いことですよ……。――よーしっ！」

「！」

僕は袖で目を拭い、アトラを抱きかかえながらベッドから出た。

寝癖がついている幼女の髪を手櫛で直しながら、話しかける。

「お腹が空いたよ。朝食にしようか？」

「♪」

「あ、こらっ！」

アトラは、するりと腕から抜け出し扉を開け、駆けて行った。

追いかけないと——ふと、視線をベッド脇の古い手製の椅子へ。

「…………え？」

自然と呆けた声が出た。

——そこには、リナリアの魔剣と魔杖が立てかけられていた。

椅子の上には白い便箋と衣服が置かれている。

内容を読むと、

『餞別。銘は『篝狐』『銀華』。魔力は殆ど空で、少しずつしか回復しないけど——好きに使いなさい』

「は、はは……」

顔が引き攣るのを自覚しつつ、他の物を確認。

真新しい僕用の白いシャツと黒のズボン。

アトラ用の上質な外套と小さな靴。そして――美しい刺繍の施された紫リボン。

「……何時か、外に出られる時の為に用意していたんですね。まったく……」

僕はリボンと小さな靴を手に持ち、お節介な魔女を想い、扉へと向かう。

早く、アトラに見せてあげないとな。


名も知らない美味しく新鮮な果実と、自生のハーブを摘んで淹れたお茶の食事を済ませた後、僕達は寝室へ戻って来た。早速、旅の準備を開始。

「アトラ、おいでー」

「♪」

姿見に自分を映し、前髪の紫リボンと靴を見て、はしゃいでいる幼女が僕の近くへ。

椅子にかけてあった可愛らしい白の外套を羽織らせる。

「これを羽織ろうね？　夏とはいえ、夜は冷えるかもしれないし、裸足だと危ないから。これもリナリアが選んでくれたやつだよ」

「！　♪」

アトラは瞳を輝かせ、獣耳と尻尾を嬉しそうに動かし寝室内を駆け回る。

微笑ましく思いつつ、僕も着替えていく。

お節介な魔女様が、わざわざ最後に用意してくれた真新しい白シャツと黒ズボンへと着替え、母さんのローブを羽織る。ボロボロだけれど、これは絶対に捨てられない。

「☆」

アトラが勢いよくベッドへ飛び込み、ちらちら、と僕を見る。遊んでほしいようだ。

「こらー、靴のままはダメだよ？」

「♪」

幼女はブランケットへ潜り込み、姿を隠した。

朝食後に見つけておいた布の袋へ、名も知れぬ果実を幾つかと薬草茶を入れた水筒を入れる。小さな薬箱に白布も幾枚か。ベッドへ近づき、ブランケットを握り、

「よっと」

「！」

容赦なく回収し手早く畳んでこれも入れる。ベッドの上ではアトラが不満気だ。

くすり、と笑い、椅子に立てかけてある、魔剣『篝狐』を手に取って腰に提げ、魔杖『銀華』を左手で持つ。どちらも触っただけで、萎縮してしまう程の業物だ。

「……剣はリディヤに渡した方が良いな。僕じゃとても使いこなせ――っ」

独白すると、右手薬指の指輪が微かに痛んだ。叱咤してくれているらしい。

袋を肩に背負って名前を呼ぶ。

「アトラ、行くよー」

「♪」

幼女はベッドの上に立ち上がり、軽やかに跳躍。僕の隣へ。

「それじゃ、出発しよう！」

「♪」

僕達は歩き出し、まだ開けたことがない新しい扉へ。

黒茶の重厚な扉に右手を翳す。微かな魔力。ガチャ、という音がし、開錠。

そっと押し、僕達は前へと進んだ。


――寝室から先には、無数の部屋があった。

無数の薬品の硝子瓶が並ぶ不気味な標本部屋。

夥しい数の武器と防具が整然と陳列されている部屋。

無数の布と糸だけが収納されている部屋。

宝石や金貨、財宝が無造作に投げ込まれているだけの部屋。

部屋の大きさに統一性がまるでない。都度、転移させられている？　もしくは、違う場所に繋がって？

この間も、指輪からは淡い紅の光線が伸び、行くべき道を指し示し続けている。

見たこともない骨の標本が置かれた部屋を通り抜けながら、僕は呟く。

「……過保護というべきか、アトラのことが大好きだ、というべきなのか……」

「？」

大きな魔獣の牙を両手に持っている幼女が振り向いた。

近づき、牙を元の場所へ戻しアトラの頭を撫で回す。

「何でもないよ。アトラには、牙よりも可愛い帽子とかが似合うんじゃないかな？」

「♪　☆」

表情を明るくし、僕の周りをぐるぐる駆け回る。手足に結ばれた黒布が靡く。

……呪印を解いてあげないとな。

部屋の外れに到達し、扉を押す。

「最後、かな……？」

扉を潜るとそこは四方を石壁に覆われた空間だった。

周囲には古い魔力灯。……微かに塩臭い。

壁に近づき触れてみるとやはり、ざらついている。

「四英海(しえいかい)の塔へ戻ってきたか……」

「！　‼」

アトラが僕の右手を引っ張り、奥を指さした。

「何だい？」

視線を向けるとそこには、黒扉が鎮座していた。

リナリアが言っていた、脱出用の出口！

僕はちらり、と自分の手首を見た。刻印の面積は以前見た時よりも増えている。

日付感覚は曖昧だけれど……出来るだけ早く東都へ戻らないとな。

アトラが小首を傾げた。

「？」

「――何でもないよ。良し！　開けてみよう」

「！」

「あ、こらっ！」

何を勘違いしたのか、再び楽しそうに駆け回り始めた。その都度、幼女の足下に淡い燐(りん)

光が浮かんでは弾ける。さながら水面の波紋のよう。神秘的な光景だ。

……けれど、今は遊んではいられない。

小さい頃のカレンも、むきになって追いかけると、はしゃいで逃げていたし。

波紋が広がっていく中、黒扉の前へと進む。

「……来る時と同じように、八重ねの『封』は勘弁してほしいな」

呟きつつ、右手を伸ばす。

すると——指輪が紅い光を放った。

黒扉の表面に魔法式が浮かび上がり——自然に開いていく。

広がるのは深い深い闇。

「？」

僕が追いかけて来ないので、様子を見に近寄ってきた幼女を右手で捕獲する。

「！」

「別にずるくないよ？」

「‼」

「すぐに逃げようとする悪い子は、こうだっ！」

「〜〜〜！」

くすぐると、アトラは身体を揺らし、

「♪」

両手を伸ばして来たので、ぎゅーっと抱きしめる。

幼女は嬉しそうに腕の中で、笑う。

この笑顔を守る為、戦火の中で恋人を喪い、一度は狂いかけて半ば東都を焼き、強制拘束戦略魔法式すら構築してみせた少女は――全てを差しだした。

地位。名誉。財産。家族。友人。故郷。果ては――……自らの命までも。

この地にいたのは『炎麟』『石蛇』『雷狐』。

国家による四つ目の捕獲は彼女が阻止し、二柱は外へ逃した。

だが……逃した筈の『炎麟』そして『石蛇』は後々奪われたことを、僕は知っている。

また、結局、彼女を裏切った人物も不明。

人類の個としての到達地点――【双天】リナリア・エーテルハートと相対した相手だ。

間違いなく化け物だろう。

けれど……アトラが不思議そうに僕を見つめる。

「?」

「……何でもないよ」

「！」

頭をポンポンとすると、嬉しそうに身体を揺らす。

最後に微笑んで消えていった少女。

あの、引き籠りで、寂しがり屋で、お節介な魔女様は、この子だけは、この子だけは……最後の最後まで守り抜いたのだ。

そこにあったのが、たとえ生前の贖罪だとしても、僕は断言する。


リナリア・エーテルハートは【双天】に値する人物だった、と。


出来れば、しっかりと魔法を習ってみたかったな。

何にせよ――

「謙遜なんかしなくても、実際、大した御人でしたよ、貴女は……」

「？　！」

アトラが再び僕にぽかぽか。『な～に？』。しゃがんで幼女の外套の前を閉め直す。

「何でもないよ。東都へ戻ったら、僕の相方と妹、教えてる子達を紹介するね。『炎麟』と『氷鶴』を宿した子もいるんだけど……君みたいになるのかな？？」

「！　‼　‼」

アトラは目を見開き、その場で跳びはねる。獣耳と尻尾が動き、とても嬉しそうだ。

──この子をどうして、一人で解放出来なかったのか？

直接、彼女に聞けはしなかった。けれど、想像はつく。

──リナリアは恐れたのだ。

大精霊『雷狐』の力が、再び神都のような悲劇に使われることを。それが、果てしなく繰り返されることを。

歴史を学んだ者として、僕は彼女の判断に敬意を持つ。

大陸動乱において、大魔法は戦場や都市攻撃で何度も使用されたという。

魔王戦争では禁忌魔法が、数度使われた形跡がある。

人はリナリア程強くもない。けれど……必要とあれば、何処までも残酷になれることを、あの引き籠りの魔女は知っていた。

アトラが抱き着いて来た。僕も抱きしめ返す。

──おそらく、正体不明の黒幕は僕がアトラを解放し、黒扉の『封』を解くことすらも想定している。そうでなければ、損害を気にせず次々と部隊を送り込んで来る筈だ。

最大の障害である、リナリアの『封』はもうないのだから。

にも拘らず、侵入者すら現れない。

東都で聖霊騎士団が、部隊単位としては、そこまで動かなかったことを思い出す。

派手に戦闘したのは、僕とカレン、リチャードとやり合った聖霊騎士ゴーシェのみ。

あれも、実験をしていたようだった。

もしかして、叛乱すらも自分にとって必要な物を手に入れ、実験をする為の手段に過ぎないんじゃ……。

アトラから手を放して立ち上がる。いや、まさかな。

この動乱には、オルグレン公爵家を筆頭に王国東方の主だった貴族が参加し、聖霊騎士団すらも動員されている。

仮に……仮にそうなら、黒幕は、

「……人間の域を超えている……」

「！　‼」

「おっと」

アトラが僕の左手を引っ張ってきた。『早く！』

「うん、そうだね。行こうか」

「♪」

僕達は部屋の奥へ進む。

戦況がどうなっているかは分からない。でも、リンスターとハワードは『敵』に対して容赦をしない。悪い状況に陥ってはいないだろう。……大樹防衛は祈る他ないけれど。

黒幕は、魔法が衰えつつあるこの時代に、大魔法の知識を豊富に有している。

何れはアトラを狙ってくる。

だけど、僕はあの寂しがり屋な魔女と約束したのだ。アトラを守る、と。違えるつもりはない。父さんに昔教わったことを思いだす。

『アレン、約束をしたら守らないといけないよ？　それが死者との約束ならば猶更だ』

はい、分かっています。僕は貴方の息子なので。右手の指輪を見やる。

「……リディヤやカレン、あと、ティナに見せたら荒れそうだなぁ……」

「？　！　‼」

アトラが指輪を見つめ、目をキラキラさせ、小さな拳を握り締める。僕を守ってくれるらしい。くすり、と笑う。

僕達は手を繋ぎ、黒扉を潜り抜けた。

その途端——後方の扉が消失。一回限り、と。淡い燐光が瞬き、行き先を示す。

最後の最後まで……あの人は。僕は振り返り目礼する。

「――おさらばです。【双天】リナリア・エーテルハート様。貴女の悲しみと無念とアトラへの想い、確かに受け取りました。必ずもう一度、此処に来ます。それまで、貴女の剣と杖、指輪をお借りしますね。僕の名は狼族のアレン。死者との約束を尊ぶ者です」

アトラは僕をじーっと見つめた後――同じく振り返り、消えた黒扉の方へ、小さな手を振った。幼女へ微笑む。

「……絶対にもう一度、一緒に来よう」

「！　♪」

アトラは大きく頷いた。踵を返し、僕達は黒扉を潜る。

後方で扉が重い音を発し……固く、固く閉ざされた。

指輪の光線が螺旋上に上へ上へと伸びていき、無数の星が一面に瞬く。

――この先はいったい何処へ続いているんだろう？

＊

「やっと……出口だ」

僕は延々と続く不可視の階段を、やっと登り終えた。

「……♪」

背中ですやすやと寝ているアトラが、楽しそうに寝言。

闇から抜け魔杖を翳すと、漆黒の空間が後方へと退いていき――全貌が見えてきた。

そこは古い古い石造りの廃墟だった。

頭上には穴が開き、陽光が樹木の合間から降り注いでいる。

廃墟自体も、木々に呑み込まれそうになっており人気はない。

近くの石壁に触れてみると、簡単に崩れた。

「……魔王戦争時代……いや、大陸動乱時に建てられた監視所か……？」

僕は呟き、後ろを振り向く。既に漆黒の闇も不可視の螺旋階段も見えず、あるのは植物の根に侵食されている石壁と石畳の床のみ。

……一度きりしか使えない、と。確かに脱出用だな。

肩からアトラがちょこんと顔を覗かせた。

「おはよう。着いたよ。自分で歩けるかな？」

「！」

幼女は僕の背中から降り、数歩前へ行き、きょろきょろ。

「………」

すぐさま戻って来て、僕の左腕に抱き着いてきた。怖いらしい。

僕は布袋を背負い直し魔杖の石突で地面を突き、『雷神探波』を静謐発動。

——小鳥じゃないようだ。連れて来られた時とは違う場所、か。

ただし……膝を曲げ、幼女に話しかける。

「アトラ、この先に怖い人達がいるみたいなんだ。でも、僕が守るからね」

「？　！　♪」

幼女はきょとんとした後、獣耳と尻尾を嬉しそうに震わせた。

小さな頭をポン、とし、魔法生物の小鳥を数羽、頭上の穴へ放つ。

——相手が誰であるにせよ、情報を収集しておくに越したことはない。

「それじゃ、行こうか」

「♪」


廃墟を出て植物魔法も使いながら、道なき道を進んでいく。

その間も、小鳥達が次々と情報を齎してくる。

……まずいな。僕の予想どおりなら、此処は。

「！」

アトラが僕の左腕を引っ張り、前方を指さした。

植生が途切れている。微かに感じたのは――塩の匂い。

小鳥が戻り魔杖の先端に留まった。この先に厄介な連中が陣を張っているようだ。

レフは――指輪を確認。反応無し。幼女に話しかける。

「アトラ、僕は怖い人達をやっつけて」

「！　‼　‼」

やる気満々な様子。リナリアの警告が脳裏を過る。

『魔力を繋げるのは呪印が解けるまで止めておきなさい』

僕はその場にしゃがみ込む。

「一緒に行こうか。魔力は繋がなくていいからね？　剣と杖を試してみたいんだ」

「♪」

幼女は大きく頷き、尻尾を機嫌良さそうに揺らした。

敢えて、静音魔法を切り前進を再開。すぐに森が途切れ、高台へと出た。

近くには明らかに新しい陣が築かれている。

――眼下には巨大な水面。

小鳥に確認させた地形を鑑みるに、大陸最大の塩湖である四英海。

問題は……ここが王国領ではないことだ。

陣に掲げられている軍旗は『剣持つ竜』。

「まさか、ララノア領に出るなんて……」

強い違和感を覚える。

どうして、あの連中とララノア軍が——数十の黒鎖が僕達目掛け、襲い掛かって来た。

「おっと」「！　♪」

魔剣『篝狐』を抜き放ち、一閃。

『っっっ?!!!』

姿を隠しながら魔法の鎖を放ってきた数名の男達が魔法障壁を吹き飛ばされ、奇妙な箱の残骸と共に四英海へと落下していく。あの箱は東都で見た。

着ていた物はフード付きの灰色ローブ。手には片刃の短剣。

「……聖霊教異端審問官、か」

「現れたなっ！　異端者めっ‼」

頭を兜で完全に覆い、騎士剣と盾で武装した重装騎士数名が陣地から出てきた。

騎士の後方には灰色のフード付きローブの魔法士が同数。

更に奇妙な木の棒——魔銃を僕達へ向けている二十名前後のララノア兵。軍帽と白の軽鎧を身に着け、胸には紋章。

　最後方にいる二人のラライア士官の内、若い美男子が剣を抜き放った。

「一斉射撃用意！」

「スナイドル殿、聖女様は捕獲をお望みである！　予言通り、二週間を過ぎて『炎魔』の塔よりこ奴等は出現した。我等は失敗するわけにはいかぬっ！」

　先頭にいる聖霊騎士が手で制止する。

　美男子の隣にいた、三角帽子を被っている一見軽薄そうな士官が肩を竦めた。

「スナイドル、ここは退いとけ」

「……ミニエー隊長、ですが」

「雲行きが怪しいことに気付いて逃げようとした王国の貴族共で試し撃ちは散々したろうが？　おい、そこの坊主。無駄な抵抗はすんな。ガキとチビを殺したくはねぇ！」

「！」

　大声に驚いたアトラが僕の背中に隠れる。……聖女の予言、か。

　加えて、今の発言から推察するに──僕は魔剣と魔杖を構え直す。

　ミニエーが低い声を発した。

「………おい、聞こえなかったのか？」

「聞こえました。オルグレンの叛乱は終わりつつあるようですね？　そして――」

『！？！！！！！』

『篝狐』と『銀華』が、魔力を放ち始めた。

聖霊騎士と異端審問官、ララノア兵の間に動揺が広がっていく。

僕はミニエーへ淡々と告げた。

「東都の戦闘で、軍の姿を見えなくする奇妙な箱を見ました。先程と同じ物をです。ララノア共和国は此度の叛乱に関与していたんですね？　――なるほど。『黒騎士』ウィリアム・マーシャルと彼の部下へ武具を供給したのも、貴方達でしたか。そして、四英海の島に来ていて戦局を聞き共和国へ逃げ出そうとした王国貴族達を」

「放てぇぇぇ！！！！！」「ミニエー、待てっ！」

美男子がララノア兵へ下令。

スナイドルの制止より前に、兵達は魔銃を発射しようとし――次々と暴発した。

「なっ！」「痛っ！」「な、何でっ」「ぼ、暴発⁉」「今まで、起きたことないぞっ⁉」「じ、銃口に氷片……？」「と、融かせない⁉」「魔銃は駄目だっ！　剣を抜けっ！」。兵達の統制が崩壊していく。

「おのれっ！」「獣擬きがっ」「何をしたっ！」

三名の聖霊騎士達が怒号を発し、突進してきた。僕は左手の魔剣を無造作に横薙ぎ。

「「「⁉」」」

大剣、大楯、重鎧を紙のように両断。残骸が衝撃で崖下へ落下。遅れて、湖面に落ちる音が聞こえてきた。続けて右手の魔杖を一回転させ、

「「「なっ！？！」」」

認識阻害で見えなくし、静謐発動させておいた銀色の輝く氷が、敵が持つ全ての武器と手足を搦めとり拘束。

「「「っ！！！！」」」

敵戦列の中、自身の凍結した魔短銃を見つめていたスナイドルが僕を睨んでくる。

「…………貴様、何者だ？」

「一介の家庭教師です」

「抜かしやがれっ！　こんな真似の出来る奴が、一介の家庭教師であってたまるかっ！」

「……失礼ですね。先を急ぐので、この辺で」

僕は頭を振り――魔剣を地面に突き刺し、魔杖を掲げる。

『！』

敵軍の足下に巨大な魔法陣が浮かび上がっていく。

「ぐぉぉぉぉ！！！！」「聖女様の御為にっ！！！！！」

唸り声をあげ、聖霊騎士と異端審問官の隊長が、魔力に物を言わせ手足の氷を砕き、捨て身で突撃してくる。僕は背中の幼女へお願い。

「アトラ、下がっておくれ」

「！」

幼女は数歩後ろへ。

——瞬間、魔法陣が一気に集束。

「では、皆さん——夏の水泳を楽しんでください」

「「！」」『なっっっ！？！！！』

僕達の前方の崖下から紅閃が走り、地面を切り裂いた。轟音。

土煙が巻き起こり、崖下の湖面へ落下していく。スナイドルと視線が一瞬交錯。

「…………【双天】」

彼女の異名を零し、視界から消えた。泥混じりの巨大な水柱が立ち上る。

魔法が使えるのなら死にはしないだろう。

「ふう……」

恐々魔剣を鞘へ納める。今の一連の攻撃、僕は魔力を使っていない。

あくまでも『篝狐』と『銀華』に込められていた力だ。

制御の難易度はリナリア仕様。精緻極まり、少しでも誤れば暴発する代物。

彼女本人が直接使う魔法程ではないにせよ、知ってて渡したな……。

嘆息しつつ、地面に突き刺さった魔短銃と聖霊教の印を拾い上げ、布袋（ぬのぶくろ）へ放り込む。

物的証拠にはなるだろう。不法侵入、国土破壊に問われるかもしれないけど。

問題は……。

「どうやって、東都へ戻ろうかな」

リナリアは、『あの子と一緒なら、長距離転移魔法が使えなくても移動はどうとでもなるわ』と言っていたのだけれど……。

アトラが僕の左袖を引っ張り、

「！　‼　――――♪」

『任せて！』という仕草をし、声なき声で歌い始めた。

――上空から羽ばたく音。

僕は呆気（あっけ）に取られ、破顔。

「……凄（すご）い……」

「☆　！」

幼女は自慢気に胸を張った。

――僕達の前に降り立ったのは、一頭の野生のグリフォン。

深々と頭を下げ遜っている。大精霊には魔獣を使役出来る力があるのかもしれない。

指輪から光が伸びていく――東都の方角だ。僕は大きく頷く。

「――行こうか」

「♪」

幼女を抱きかかえ、グリフォンへ飛び乗る。

当然、鞍はないので風魔法で身体を固定し、首を撫でてお願い。

「いいよ、飛んでおくれ――東都へっ！」

グリフォンが翼を羽ばたかせ、上空へ。指輪の光を目印に、一気に飛翔！

「♪」

アトラが嬉しそうに僕の前ではしゃぎ、紫のリボンが風をはらむ。

さぁ――この叛乱に決着をつけにいこうっ！

第3章

「ば、かな……お、王都が……『紫備え』を東都へ退かせたとはいえ、軍勢十万に達する王都が、一夜で陥落しただとっ⁉　そ、そのような報告、信用出来るかっ！！！！！　な、何かの間違い…………いや、敵の欺瞞工作だっ！　そうに決まっているっ！！！！！」

私は執務机に右拳を叩きつけた。

東都、総司令部を置いているオルグレン公爵邸大会議室に、破砕音が響き渡る。

窓の外からは不吉な雷鳴。報告を行った、一日前に王都をグリフォンで脱出したというザド・ベルジック子爵は跪き、震えている。兜鎧、剣すらも途中で捨てたらしく血と戦塵で汚れた軍服姿だ。嘘を吐いているようにはとても見えない。

大会議室に詰めている貴族、騎士達は激しく動揺。

「王都が陥落した⁉」「グ、グラント公爵殿下……」「相手は誰なのだっ！」「ハワード、もしくはリンスターだろう」「奴等は国境で釘付けだ！」「日和見をしていたガードナー、クロムの両侯が？」「侯爵家に動かせる兵力では無理だ」「……王都と東都間の各拠点と駅からの定時連絡が昨日来、途絶しているのは」悲鳴と怒号が木霊する。

私は荒く呼吸を繰り返し、ベルジックを詰問した。

「はぁはぁ……ま、真に王都が僅か一夜で陥落したと言うのか？　グレックはどうしたのだ？　わ、我が精鋭がそのような短期間で打ち破られたと？」

子爵が顔を上げた。死人のように蒼白く、そこに浮かぶは諦念。

「敵軍を率いしは……ハワード、リンスター、そして……ルブフェーラ公……。クロム、ガードナーも敵方につきました。既に王都、東都間は侯爵軍に遮断されております」

『！？！！！！！』

声にならぬ悲鳴。皆が恐慌状態に陥る。

……馬鹿な。馬鹿な馬鹿な馬鹿な馬鹿なっ！！！！！！！

北方のハワードはユースティン帝国。南方のリンスターは侯国連合。そして、西方のルブフェーラは魔王軍とそれぞれ対峙。

故に——早期反撃は不可能。

王都を押さえてしまえば、最低でも数ヶ月の時間的猶予を得ることが出来る。

それが、本義挙における大前提だったのだ。

しかも、クロム、ガードナー侯爵家が敵方についただと⁉

私はよろよろ、と後方の椅子に音を立てながら座り込んだ。重苦しい沈黙が室内を支配する。吹っ切れた様子の子爵は、早口で続けた。

「王都駐留軍は周辺諸都市を制圧しておりましたが、兵站（へいたん）に難をきたしグレック公子殿下の御判断により撤収。王都防衛を固めようとしておりました。しかし、三公爵は我等に気付かれぬ内に周辺諸都市を抑え、突如、総司令部を急襲。公子殿下は行方不明に。直後、王都北・南・西の三方より公爵軍が侵攻し御味方は潰走……。私はグリフォンで王都を脱出。報告の為（ため）、昼夜問わずの強行軍で東都へ戻った次第です」

「……グレックとレーモンは、兵站に問題なし、と言っていたのだぞ？　撤収の件も聞いておらん……。火急の事態であるというのに、王都からの連絡もなかった……」

「魔法通信が途絶したのは、敵軍内にいた半妖精による妨害によるものかと。総司令部を急襲した炎翼の者は、人とはとても……」

半妖精族に、人ならざる者だと？　私は頭を抱えた。

グレックの兵は、私の直属軍よりも多かったのだ。

それが消え去った今、三大公爵家及び八大侯爵家を相手に抗戦は……。

「グラント兄上。まだ、負けたわけではありません」

「……グレゴリー……」

平素と変わらぬ声を発したのは、フード付きの灰色ローブ姿の三弟だった。

後方には同じ格好の男と老女を従えている。男は聖霊教の者で、レフといったか。

普段、会議の場では目立たない三弟に懐疑的な視線が集中するが、グレゴリーは構わず、中央に広げられている戦況図へ歩み寄った。細い指で王都と東都を指し示す。

「王都陥落が事実としても、東都に到るまでには時間がかかります。兵站も、王国東方は我等が本拠地。負担は問題にならぬでしょう」

「お、おお……そ、そうだな……」

何時になく溌剌とした様子の弟に戸惑いつつ、私は首肯した。

──そうだ。まだ……まだ、我等は負けておらぬっ！

私は、腕組みをし沈黙している二人の老大騎士──オルグレンの『双翼』、ヘイグ・ヘイデンとハーグ・ハークレイに怒鳴る。

「ヘイデン、ハークレイ、意見を述べよ！」

「……特段」「……我等は下知に従うのみですので」

「そのようなことを言っている場合かっ！」

横に立てかけておいた、オルグレン公爵の証である魔槍斧『深紫』を手に取る。

「貴様等と負傷したザウル・ザニは、父上の子飼い。だが、負ければ貴様等も終わりなのだぞ？　敗戦後、東方諸家悉く粛清の憂き目にあうは必定！　存念を申せっ！！！！」

私は勝たねばならぬのだっ！　使える駒は全て使い……勝ってみせるっ！

ヘイデンとハークレイは瞑目したまま、言葉を吐き出した。

「……グレゴリー坊ちゃまの言、正しいと思われます。幾許かの時間がございましょう」

「……ただし、我等は東都内にも敵を抱えております」

グレゴリーが地図上の東都を指で叩く。

「まずは大樹を！　聖霊騎士団の方々は、未だ我等が大樹を落とせぬ為、『戦前の約定違反』との言で、一時的に国外へ退かれておりますが、落とせば、増援を得られましょう」

「…………そうか」

私は弟へ近づき、

「ふんっ！」

『！』

未だ沈黙し、力を発揮せぬ魔槍斧で、地図ごとテーブルを叩き割る。

全員を見渡し、下令！

「如何なる犠牲を払おうとも、あの忌々しい大樹を落とすべしっ！　抵抗する者は撫で斬りにせよっ‼　我等は勝つっ‼　正義は我等にありっ！！！！」

『勝利を我等にっ！　正義は我等にありっ‼　グラント公爵殿下、万歳っ‼』

皆が一斉に右手を掲げ叫び、自らの部隊へ命令を下すべく部屋から駆け出していく。

——戦意はまだ折れておらぬ！

グレゴリーの肩に手を置く。

「よく進言してくれた。私は最前線で指揮を執る。お前は以後、後方を統括せよ」

「も、勿体ない御言葉です……。あ、あの……ギルのことなのですが……」

「些事は貴様に任せる！」

「は、はい。あと、レフを増援として大樹攻略へ回したいのですが……」

グレゴリーがちらり、と灰色ローブの男へ目をやった。

「許可する」

「ありがとうございます。……兄上、御武運を」

「うむ！　……ヘイデン！　ハークレイ！　貴様等が先鋒だ。オルグレンの『双翼』の力、見せてみよっ！　ザウルも戦えるのだろう？　連れてこいっ！」

「……御意」「……畏まりました」

老大騎士達は恭しく頭を下げた。

今は意識もない愚父――ギド・オルグレンが、義挙決行前に私へ見せた憐憫の視線を思い起こさせる。気に喰わぬ態度よ。だが、この『深紫』がある限り、こ奴等は裏切らぬ。
大股で出口へと向かう。精々見ているがいい……愚父め。勝負はこれからだ。

最後に勝つのは、私、グラント・オルグレン公爵なのだっ！

＊

「何だって⁉　アンナ、それは、本当、痛っ！」

「リチャード坊ちゃま、動かないでください★　報告の為、あちらへ戻したケレニッサからの連絡は未だございませんが、魔法通信の途絶、そして、オルグレン公爵家の混乱から鑑み……王都は御味方によって奪還された、と考えるのが自然かと」

大樹前、カレン嬢が恐るべき雷魔法で落とした大橋の臨時陣地内。

リンスター公爵家メイド長のアンナの手で、無理矢理拘束され、傷の手当を受けていた僕は立ち上がろうとし、痛みに悲鳴をあげた。

周囲にいる近衛騎士や自警団団員、義勇兵が失笑。顔を顰め、薬箱を持って腕の傷口に薬を塗りたくっている淡い水色髪の少女――メイド隊第七席ニコへ文句を言う。

「……手当なんていらないって言っているのに。十分、動けるし」

「駄目でございます★」「坊ちゃま、控えめに言って重傷です」

「……ぐぅ」

あっさりと却下される。

人々へ視線で増援を要求するも、アンナとニコの顔を見て、皆、散っていく。

――カレン嬢が『古き誓約』の履行を求める為、西都へ旅立ち、早十日。

大橋が落ちた効果は大きく、叛徒達は僕達を攻めあぐねている。

参戦してこなかった獣人族族長達も指揮を執り、植物魔法を用いた陣地構築は絶大な効果を発揮。ナタン殿と魔道具職人達も敵兵の残した物資を用い、様々な魔道具を配布。

結果、負傷者数は激減し、治癒に長けている兎族のシマ殿や、山羊族のシズク嬢といった若い自警団団員を再び大樹内での治療に専念させることが可能になった。

加えて、魔王戦争で活躍した狼族の大英雄『流星』の騎獣、純白の蒼翠グリフォン、ルーチェも、群れを引き連れて大樹防衛に参加してくれており、今まで無視していた細かい傷の処置も出来る余裕が生まれた、というわけだ。

王都を奪還したとなれば、苦難の時も終わりが見えてきたと言える。

自前で持ち込んだ紅茶の準備をしているメイド長へ問う。

「アンナ、叛徒の奴等は総攻撃を仕掛けてくるかな？」

「間違いなく来るかと。王都から東都までを万を超える軍が移動するのは、鉄道を用いても難儀でございます。その間に、大樹を落とし決戦を挑む腹と見ます」

「だよねぇ……先鋒は」

「オルグレンが『双翼』。大騎士ヘイグ・ヘイデンとハーグ・ハークレイ。付き従うは、『紫備え』とオルグレン公爵家親衛騎士団でございましょう。ザニ伯は傷次第かと」

「……力押しされたら厳しいね」

「リチャード坊ちゃまが、『火焔鳥』を数発放たれた後、『紅剣』を発動され、ばったばったと薙ぎ倒されれば、問題無し★　でございます♪」

「…………いやいや、無理だからね」

栗色髪で細身なメイド長にげんなりしながら、包帯を巻いてくれている少女へ尋ねる。

「ニコ、ジーンは？」

「エリン様の所です」

「？　エリン殿の？」

エリン、というのは僕の妹であるリディヤの相方にして、『剣姫の頭脳』という異名を持ち、僕へ『大樹の防衛』をぶん投げ、自分は殿を務めた馬鹿アレンの母親だ。

大樹へ帰還し、状況を報告した際に見たあの人の表情を、僕は生涯忘れられないだろう。

人の絶望とは……そして、人の愛情とは、あれ程の深さに到るものなのだ。

血の繋がりがなくとも、あの人は間違いなくアレンの母親だと断言出来る。

ニコが困り顔になった。

「ジーンはあまり実のお母様との折り合いが良くないんですが、ああ見えて、凄く甘えたなんです。傷の手当を受けた際に優しくされて、懐いてしまったみたいで……」

「……なるほど」

リンスターのメイド隊は完全実力主義。

十数年前、当時の執事がリディヤ誘拐未遂事件を引き起こして以降、執事制度も本家においては廃止されていて、その分、メイド達には絶大な権限が付与されている。

席次持ちとなれば、戦時において下手な貴族よりも権限は上だが……出自は様々だ。

アンナは自称ユースティン帝国出身だし、副メイド長のロミーは南方島嶼諸国。ニコは水都。ジーンは西方の出だと聞いている。

メイド長が優雅な動作で、紅茶をカップへ注いでいく。

「リチャード坊ちゃま、私共にとって『家族』とはリンスター公爵家メイド隊でございます。また……恐れながら、公爵家の皆々様に対してもそのように想っております」

「そっか。それじゃ、アンナは僕のおば」

ティースプーンの描く弧が目の前を通過。前髪が数本、犠牲となる。

「――リチャード坊ちゃま、何か★？」

僕は幼い頃に覚えた秘技！　両手を高く掲げて全面降伏の構えを実行する！

「……ハハハ。何でもないよ。ほんとだよ？」

「坊ちゃまのそういうところ見習いたいです。はい、終わりました」

ニコが真面目な顔をしながら魔法薬の小瓶の蓋を閉め、治療の終わりを告げた。

右腕を動かすも――痛み無し！

「ありがとう。治癒魔法でも引かなかった痛みが取れたよ」

「……いえ。御仕事ですので。ジーンを呼んできます」

ニコは素っ気なく答え大樹へ向かってしまった。昔は可愛かったのだけれど。

アンナが楽しそうに、紅茶のカップを置く。

「うふふ♪　青春でございますねぇ」

「……何がさ？」

「いえいえ。こちらの話でございます♪」

楽しそうに笑うメイド長を睨みながら、カップを手に持ち、飲む。……美味い。

「かっかっかっ、赤の公子殿下。楽しそうじゃねぇか。だが、鈍感は罪だぜ？」

後方から聞き馴染んだ声がした。僕は椅子に座ったまま、振り返る。

「……ダグ殿、僕は別に鈍感じゃ――……」

「おっと」

落としそうになったカップをアンナが受け止めた。

――老獺の後ろに立っていたのは、ベルトランと数名の古参近衛騎士達だった。

応急手当は受けたようだが、身体中傷だらけで、服には黒い血の染みが出来ている。

「っ!?」

僕は立ち上がり、声を絞り出す。

「ベルトラン……お前達……！」

「リチャード……よくぞ……よくぞ、御無事で……」

お互いそれ以上の声が出ず。人数は明らかに少ない。……歯を食い縛る。

それでも、僕は近衛騎士団副長としての責務を果たすべく、踵を鳴らし敬礼した。

声がみっともなく震える。

「……殿の任、真に……真に……御苦労……」

「敬礼！」

ベルトランと古参近衛騎士達も返礼。手を戻す。

「聞きたいことは山程あるんだが……アレンは？」

死地においても弱音を吐かない、僕の右腕たる中隊先任古参近衛騎士が肩を震わせ、歴戦の古参近衛騎士達が涙ぐむ。

「アレン様は……見事な、御見事な戦いぶりでございました。彼の御方と共に戦えたことは、我等にとって終生の誉です。しかしながら……我等は……我等は、アレン様の盾となること叶わず……あの御方に命を救われ…………」

そこまでを告げ、ベルトランは言葉を喪い、嗚咽した。

アレンがベルトラン達を救った？　ダグ殿が煙管を咥えられた。

「……狐族の前族長も同じことを言ってやがった。あの馬鹿は、字義通り、最後の最後まで殿を務めた挙句、生き残った者を水路に叩き落としたらしい。……なぁ、赤の公子殿下、信じられるか？　あいつは自分の命と、老い先短く、しかも、自分を排他していた老人共と戦友の命を天秤にかけて……躊躇いなく後者を取りやがったんだ。逃げりゃいい。あいつにはその資格があるっ！　なのに……なのに…………あの、馬鹿は…………」

大粒の涙を流す老獺の肩に手を置き、強い決意を告げる。

「僕等の手で必ずアレンを救いましょう。あと――思いっきりぶん殴らないと！」

「…………ああ、そうだな。ぶん殴らねぇとなっ！」

涙を拭い老獺がニヤリ。煙管をくゆらせ、説明してくれる。

「地下水路を使って奴等の偵察と、裏切りやがった猿族族長ニシキと鼠族族長ヨノの探索をしていたら、騎士様達を途中で拾ったんだ。誰と一緒だったと思う？　なんと、スイの嫁だ！　既に引き合わせたが、野郎、大泣きしてやがったぞ。何でも、生き別れの妹に地下牢から助けてもらったそうだ。……裏切り者共は発見出来なかったが、地下水路を使って脱出したのは間違いねぇな。ゴンドラを東へ抜ける水路で見つけた」

「！　モミジさんがですか⁉」

叛乱が勃発した当日に別れた、という話だったけれど……。

そして、獣人族の裏切り者は既に国外へ逃げ去ったか。

僕は奇跡の生還を遂げた先任古参近衛騎士へ問う。

「ベルトラン、何があったんだ？」

「……仔細は動きながら。叛徒の総攻撃が開始されます。防衛準備を！」

大橋の対岸に敵軍が集結している。空はどす黒い雲に覆われ、太陽は見えない。軍旗を見る限り――やはり、先陣は『紫備え』とオルグレン公爵家親衛騎士団のようだ。

獣人族自警団から借り受けた軽鎧を着こんだ先任古参近衛騎士へ話しかける。

「ベルトラン、治療を受けたといっても戦場復帰することはないんじゃないかい？」

「何の。敵も此度ばかりは死に物狂いで攻めてくる筈。戦える者は戦うべきかと」

白が交じっている髭をしごきながら、ベルトランは敵陣を睨んでいる。

『王都奪還』の予測は、獣人族上層部と自警団幹部にしか伝えていない。気が緩めば、数の力で圧倒されてしまう。

大樹周辺には、無数の蒼翠グリフォンが舞っている。落とした橋を復元し、渡ろうとすれば、容赦なく攻撃を開始してくれるだろう。ベルトランが上空を見上げた。

「……二百年前の約束を守る魔獣、ですか。人よりも余程、義理堅いですな」

「それはどうだろう？　王都が奪回されたのなら、西方ルブフェーラが」

「副長！　敵軍に動きありっ！　来ますっ！」

最年少近衛騎士でありながら、騒乱中、終始戦い続け一度たりとも傷を負わず、最近では『幸運』という異名までついている、ヴァレリー・ロックハートが警戒の叫びをあげた。

大楯を掲げ全身を紫の装備で固めている重騎士を先頭に、魔法士が土魔法で足場を形成しつつある。僕は後方で、ニコとジーンを従えているメイド長を見やった。

「アンナ、敵の戦術をどう見る？」

「正攻法かと。しかしながら……違和感がございます」

ヘイグ・ヘイデンとハーグ・ハークレイは歴戦の勇将だ。

渡河中、魔法の集中射撃を受け易いのを理解していない、とは考えられない。

ニコの魔法薬により前線復帰した自警団団長、豹族のロロさんも怪訝そうだ。

婚約者のモミジ・トレットさんと再会したらしい、狐族のスイ君が近づいて来た。

「リチャードの旦那！　自警団は何時でも出れるぜっ！」

「スイ君。もう、いいのかい？」

ボロボロの道着を着ている狐族の青年が、訝しがる。

「あん？　傷はもう大丈夫だっての」

「いやそうじゃなくて……モミジさんの傍にいなくてさ」

「なっ⁉　なな、な、何を言って、いやがるんだか……お、俺は、別に……」

「一緒にいたくない？」

「いたいに決まってるだろうがっ！！！！　――……はっ！」

即答に戦列からは笑い声。自警団分団長の小熊族のトマさんが爆笑している。

うんうん、緊張が解れた。

スイ君へ片目を瞑ると、「……後で殴るからなぁ……」と呪いの言葉をぶつぶつ。

敵魔法士が、破損した大橋を本格的に土魔法で修繕し始めた。

――叩くのは容易い。容易いが。

スイ君が鼻を動かし、呟いた。

「……あの爺さん達がいねぇな」

「爺さん？　誰のことを言って――……しまったっ」

僕はメイドの名を叫ぶ。

「ニコ！　ザウル・ザニの魔力を探ってくれっ！」

「了解です！」

即座に、淡い水色髪の少女が対応。スカートを揺らめかせながら、長杖を大きく振って無数の水の鳥を顕現。四方へ解き放った。

僕達の陣地直上を飛翔した水の鳥が、次々と消失。

「ちっ！　ロロ殿！　前方の敵は助攻兼陽動ですっ！　本命は」

「――よくぞ、気付いた」「だが――遅いっ！」「くらえぇぇぃぃ！」

直後、上空から殺気と無数の雷槍が降り注ぐ。

「くっ！」「おやおや」「面白ぇっ！」

突然、出現した老大騎士達を、僕とアンナ、メイド隊第十席のジーンが迎撃。

雷槍がアンナの弦によって薙ぎ払われ、二本の槍を僕とジーンは剣で受け止めた。

激しい火花が散り、束の間拮抗。弾き飛ばす。

崩落した大橋の縁に降り立ったのは、二人の老大騎士と、つばの広い帽子を被り片目を眼帯で覆い、古い槍杖を持っている老魔法士。

オルグレンが誇る『双翼』――大騎士ヘイグ・ヘイデンとハーグ・ハークレイ。もう一人は、碩学で知られるザウル・ザニ伯爵だ。

直後、奇妙な箱が大水路へ落下。

上空では彼等を運んで来たグリフォンが、蒼翠グリフォンに追われ逃げまどっている。

――ラノアの魔道具で姿を隠し、グリフォンで一気に渡河した、と。

ヘイデンとハークレイが長槍を構えた。

「リンスターの公子殿下」「そして、獣人の勇士達よ」

「貴殿等に恨みはない」「ないが、我等も退けぬのだ」

「「勝たせてもらおうっ‼」」


老大騎士達の魔力が膨れ上がった。僅か三名の決死隊、か。

僕は剣を構え、命を下す。

「近衛騎士団、敵部隊の渡河を許すなっ！　ベルトラン、指揮を任す！　アンナ、ジーン、
僕等はヘイデン達を。ニコ、後ろは任せたっ！」

『了解っ！』「お任せを♪」「おっしゃぁっ！」「はい」

ロロさんも叫ぶ。

「トマ、大樹前を固めよ！　スイ、近衛騎士団の方々に協力せよっ！　残りの私達は、近
衛の方々と共に対岸の敵部隊渡河を阻止する‼　族長の方々は陣地修復を!!!」

『応よっ！』『心得たっ！』

一気に緊迫感が増していく。

僕は剣の切っ先に炎魔法を紡ぎ、アンナは微笑を浮かべながら両手を広げ、ジーンは片
刃の剣を肩にのせ犬歯を光らせ、ニコは水の獅子の群れを生み出していく。

戦端が開かれる――その時だった。

大樹上空に、巨大な花弁によく似た魔法陣が浮かび上がった。

『！？！！！』

非現実的な光景に、敵味方問わず言葉を喪い、空を眺める。

唯一人――くすくす、と嗤うは『死神』のみ。

アンナが憐憫の視線を老大騎士達へ向ける。

「嗚呼……残念。時間切れのようでございます。ですが、理不尽とは思われませせぬよう。

戦場では往々にあることでございますれば」

「……アンナ、あれは……いったい、何なんだ？？」

僕は上空を眺めつつ、言葉を振り絞る。

メイド長は両手を合わせ、楽し気に質問へ答えた。

「あれこそは西方、半妖精族が長、『花賢』チセ・グレンビシー様が百年をかけ開発せし、対魔族強襲用戦略転移魔法『散花幻星』でございます。滅多に見られるものではございません。さぁ……皆々様、じっくりと御照覧あれ★」

＊

王都上空に浮かび上がった大きな花が開いたような魔法陣を通りぬけると——視界に、聳え立つ大樹が飛び込んできました。

『……信じられません』『お、王都から転移しました！』

並んでグリフォンを操っている私とエリーは驚き、戸惑います。

……こんな御伽噺に出てくるような魔法が実在しているなんて。

真っ先に魔法陣へ飛び込んだティナが叫び、大樹の大橋を指さしました。

『リィネ！　エリー！　御姉様！　カレンさん！　あれを見てくださいっ！』

——眼前には、落ちた大橋を挟み敵味方が対峙。

三名の強い魔力を持った者が、大樹側の大橋上でリチャード兄様やアンナ達と向かい合っています。

後方では花弁が散ると共に、魔法陣が消え、光を瞬かせます。

チセ様によれば、一発目は座標合わせの為の試し打ち。

二発目はより大規模な為、多少時間がかかる、とのことでした。

母様やリリー達、後続部隊が来るまで、先発した私達が時間を稼がないとっ！

ティナが背中に背負っていた長杖を引き抜き、振り向きました。

『行きましょう！　同志の言う通りなら、リディヤさんが来ちゃいますっ！』

起きてきたアリス様曰く『泣き虫は東都へ向かいつつ、手当たり次第に汽車等を破壊している筈。私がお菓子を食べに行く時間くらいはある。また後で』。

思考を戻し、エリーと私はティナへ返答します。

「は、はひっ！」「分かって――上ですっ!!!」

「「！」」

上空を舞っていた蒼翠グリフォンが翼を翻し、私達へ向かってきます。

風が靡きカレンさんの蒼翠グリフォンが私達の前方に出ました。黒の短剣を抜き放ちながら、叫ばれます。

「ルーチェ！　私ですっ!!　帰って来ましたっ!!!」

群れの真ん中にいた純白の蒼翠グリフォンが、甲高く鳴きました。強い歓喜が伝わってきます。私達を攻撃しようしていた数頭も身を翻し上昇。群れに合流。

そして――数百頭の蒼翠グリフォン達が一斉に急降下！　対岸敵部隊に襲い掛かります。

『！？！！！！！』

離れているにも拘らず、聞こえてくる怒号と悲鳴。

烈しい突風と共に無数の攻撃魔法が飛び交い、中央にいる馬上の将らしき男が狂ったように斧槍を振りまわしています。

『みんな――行きましょう！』

凛々しい声と共に、ステラ様のグリフォンが私達を追い抜き急降下。

カレンさんも続かれ――御二人は着陸を待たず飛び降りました。自由になったグリフォンは、大樹の方へ向かい飛んでいきます。

ステラ様は空中で細剣と短杖を優雅に抜かれ、地面直前で浮遊魔法を発動。

カレンさんと一緒に、ふわり、と敵味方の戦列の真ん中へ着地されました。

「ふわぁぁ……御姉様……」「カ、カレン先生、カッコイイ、でしゅ……」

ティナとエリーが目をキラキラさせています。……浮遊魔法まで。

悔しくなった私もグリフォンへ指示を出し、降下。

「あ～！　リィネ‼」「ま、待ってくださいっ！」

ティナ達も追随。味方戦列内を見渡し――名前を叫びます。

「リチャード兄様！　アンナ！　みんな！」

「！　リィネ！」「リィネ御嬢様！」「「御嬢様！」」

私達も味方陣地前にグリフォンを着地させました。姉様の剣を抜き放ちます。

渡河し終えているのは——明らかに歴戦の騎士達と魔法士です。後方の自軍が大混乱中でも、動じた様子もありません。

カレンさんが『雷神化』され、私達へ名前を告げられました。

「大騎士ヘイグ・ヘイデンとハーグ・ハークレイ。後ろにいる老魔法士はザウル・ザニ。恐ろしい手練れです。油断しないように」

「——まずは、名乗りましょう」

ステラ様が敵騎士達の視線を堂々と受け止められます。

周囲に白蒼の雪華が舞い始め、残存する花弁の欠片と合わせ幻想的な光景……。

「ハワード公爵家が長女、ステラ・ハワードです。ハーグ、ヘイデン、三年前の王宮舞踏会以来ですね？　後ろにいるのは、王国東方一の碩学と名高いザニ伯爵とお見受けします。端的に——降伏を。最早、貴方達に勝ち目はありません」

自信に満ちた、凛々しく神々しさすら感じさせる御姿。

そうさせたのは間違いなく、兄様の存在なのでしょう。

「ステラ御嬢様、御成長されて……リィネ御嬢様達は私の後ろに御回りください☆」

アンナが気配もなく、私達の前へ。実質命令です。

私は俯き小さく告げました。

「……アンナ、姉様が……姉様は………」

「リィネ御嬢様、今のリディヤ御嬢様は孤独ではありません。御嬢様方と——アレン様がおられます。ですので、此処は手早く片付けることといたしましょう★」

アンナは真っすぐ前を見据えたまま、強く、強く断言し、両手を左右に広げました。

ヘイデンとハークレイが槍を構えます。

「……戦略転移魔法とは驚きもうした」「だが、しかし、未だ敗北ではないっ」

二人の大騎士は槍を横薙ぎ！　十の竜巻が生み出され、暴風が吹き荒れます。

風属性上級魔法『嵐帝竜巻』を十発!?

ザニもまた、槍杖に多数の雷槍と雷斧を発動させながら、叫びました。

「吾輩達は既に覚悟を固めておるっ！　邪魔するならば、粉砕するのみっ！」

アンナが更に一歩、前へ出ました。私達は叫びます。

「御姉様っ！」「カ、カレン先生ッ！」「私達も！」

「任せて」「アンナさん！　ティナ達を御願いしますっ！」

御二人は不敵に笑い、カレンさんは疾走を開始。加速していきます。

「……来られるか」「だが、容赦はしませぬっ！」

老大騎士達は厳しい表情をし、槍を振り下ろしました。

十本の竜巻が解き放たれ、二人へ襲い掛かります。

その場に留まられたステラ様は細剣と短杖を振られ、氷の翼を持つ二羽の『鷹』――光と氷の極致魔法『氷光鷹』を前方へ顕現！

無数の雪華を舞い散らせ、竜巻を次々と消滅。大橋をも凍結させながら飛翔します。

「未知の極致魔法とはっ！」

後方のザニが驚愕しつつ、魔法を解放。

無数の雷斧と雷槍が『氷光鷹』へと殺到します。

「御見事っ！」「素晴らしい……だがっ！」

両大騎士も強大な魔法障壁を発生させ、押し留めようとします。

カレンさんが短剣を中空へ放り投げられ、

「ステラにだけじゃありませんっ！」

狼の顔をした雷を身に纏い、十字雷槍を持ち、大騎士達の脇を抜け閃駆！

ザニへ凄まじい速さの連続突きを繰り出しました。

「ぬうっ！」

反応したザニは槍杖で突きを受け流しながら、地面に転がり回避、距離を取りました。

帽子が大水路へ落下していきます。老齢に拘らず、見事な体術です。

「「ぬぉぉぉぉぉぉ！！！！！」」

老大騎士達は裂帛の気合で、魔法障壁を最大展開。

『氷光鷹』が砕け散り、吹雪が巻き起こります。私は賛嘆。

「支援があったとはいえ、極致魔法を防ぎきるなんて……」

「なら、倒れるまで撃つだけですっ！　エリー‼」「はいっ！」

ティナが長杖を掲げ、エリーも魔法を紡ぎ始めます。

前方のステラ様は細剣と短杖を再び振られ、『氷光鷹』を再顕現。

カレンさんも猛々しく紫電を飛ばし、更に巨大な十字雷槍を構え直しました。

直上には、純白の蒼翠グリフォンが舞っています。

足音がし、リチャード兄様がアンナの隣に立ちました。悲しそうに告げられます。

「……ヘイデン、ハークレイ、ザニ。もう無理だ。投降しろ。身分は僕が保証する。一つだけ改めて聞いておきたい。何故だ？　何故、老公ギド・オルグレンはこんな馬鹿げた叛乱を許したんだ？」

「「「…………」」」

三人の老人が重く沈黙しました。

対岸では、敵戦列が未だ必死に蒼翠グリフォンの襲撃を迎撃。混乱はしていますが、撤退するつもりはないようです。

ヘイグ・ヘイデンが槍を両手に持ち直しました。

「……リチャード公子殿下、その言、真に……真に……有難くっ」

ハーグ・ハークレイも大上段に長槍を構えます。

「……ですが、我等はギド・オルグレン公爵殿下の臣であります」

ザウル・ザニが槍杖を高く掲げました。

「……御厚情は忘れませぬ。なれど、我等はこう教わりもうした」

三人の老人達の瞳に、凄まじい戦意が煌めきます。

「「「騎士とは、己が主の意志を守る者っ！　我等はギド様の騎士であるっ!!!」」」

魔力が漏れ、肌がビリビリします。こんな立派な者達がどうして。

リチャード兄様が目を細められ、剣の柄に手をかけ――前触れもなく、アンナが左手を大きく振りました。

大橋の外れが不可視の弦に切り刻まれ、氷が飛び散ります。メイド長の冷たい声。

「……覗き見は趣味がお悪いのでは？」

「……おや？　バレてしまいましたか」

空間が歪み、一人の男が現れました。

フード付きの灰色ローブ姿で手に数枚の呪符と長杖を持っています。

――アヴァシークで交戦した、聖霊教異端審問官ラコムとロログと同じ衣装。

カレンさんとステラ様が険しい顔をされ、ヘイデン達の顔も不快に歪みました。

「……貴殿は」「……グレゴリー坊ちゃま付きの」「レフ殿！　何用か？」

「話に出ていたでしょう？　増援です。少々実験もしたい。まぁ……」

レフが気持ちの悪い視線をステラ様へ向けました。

「ハワード公女殿下が、新たな極致魔法を使えるようになっているとは。興味深い」

カレンさんの雷に怒気が滲みました。

「……兄さんを……私の兄さんを何処に連れて行ったんですかっ！！！！！」

叫びながら神速の突撃を敢行！　レフが呪符を投げました。

――激しい金属音と紫電、禍々しい魔力が周囲一帯に散ります。

カレンさんの一撃は、レフ前方の魔法陣から伸びる騎士剣に受け止められていました。

そこから、ぬっ、と完全武装の騎士が出てきます。

騎士剣と大楯。分厚い騎士鎧。兜を被り、目しか分かりませんが――

「っ！　こ、この目、ゴーシェと同じ、きゃっ！」

「カレンっ！」「カレン御嬢様っ！」

ステラ様とアンナが動き、弾き飛ばされたカレンさんを受け止めます。

――氷華と渦巻く風を感じました。

魔法を紡いでいたティナとエリーの叫び。

「皆さん、退いてくださいっ！」「いきますっ！」


氷嵐を纏った氷属性極致魔法『氷雪狼』が大咆哮。


ステラ様との模擬戦時に二人が見せた複合魔法っ⁉

氷狼は謎の男と騎士目掛け、猛烈な勢いで突進していきます。

ヘイグ達も「まさか」「極致魔法を！」「彼の御仁の教えかっ」と呻き、回避行動。

騎士は唯一見える瞳を不気味に赤く光らせ、動こうとしません。回避しない……？

次の瞬間、『氷雪狼』は狙い違わず、騎士に直撃っ！

猛吹雪が巻き起こり、掲げられた大楯が凍結。眼下に見える大水路も、余波で氷河のようになっていきます。周囲を氷霧が包み込みました。

私はティナの右手甲に輝いている『氷鶴』の紋章と、右手首に結ばれた魔法式が浮かんでいる蒼のリボンを見つつ前へと進み、問います。

「ティナ、手応えは？」

「ばっちりですっ！　……ただ、何か気持ち悪いです……」

ちらり、と様子を覗うとエリーも警戒を解いていません。ステラ様とカレン、アンナとリチャード兄様も同様です。

アヴァシークで遭遇した聖霊教異端審問官の二人は、人ならざる者でした。

極致魔法とはいえ、一発で倒せるとは——氷霧を突き破り、無数の長大な黒針が私達に襲い掛かってきました。これはっ！

「お任せを★」

アンナが左手を振りました、空間全体に閃光が走り、全てを両断。氷霧も晴れます。

——先程の騎士は身体中を凍り付かせながら立っていました。

兜が砕け散り、

『っ！！！！！！』

私達は絶句。騎士の顔の過半は蠢く魔法式に覆われていたからです。

後退した老騎士達も、レフへ鋭い視線を叩きつけているのが見えました。

レフが楽しそうに嗤います。

「御見事、御見事。我が新しき魔法をも防ぎきるとは」

「……聖霊騎士ゴーシェが異形に変異した後に使った魔法。レフ、と言ったな。貴様、騎士に何をした？　先程の黒い針を生み出した魔法も……尋常のものではないな？」

リチャード兄様が険しい声を発せられました。

ステラ様も零されます。「……魔導兵に埋め込まれていた濫造『蘇生』と同じ……」

男が両手を広げました。

「実験ですよ。良い素材が余っておりまして——元王国騎士というね」

『なっ⁉』

予想外の言葉に私達は硬直します。

長杖に二発目の『氷雪狼』を紡ぎながら、ティナがレフを睨みました。

「……ジェラルド王子の事件で行方不明になった『黒騎士』の元部下の人に『蘇生』を無理矢理埋め込んだんですね？　貴方自身も変な物をっ！」

レフが興味深そうにティナへ視線を向けました。

「その通り。私は偉大な力を賜りました。嗚呼！　聖女様を讃えよっ‼　無駄話はこれくらいに。私は大樹に用事があるのですよ。そこをどいてもらいましょうかっ!!!」

レフは十数枚の呪符を取り出し、投げ捨てました。

——空間が歪み、魔法陣から次々と騎士が出現！　戦列を形成していきます。

カレンさんが呻きました。

「……『蘇生』持ち騎士の軍勢ですか。キツイですね」

「でも——絶対に退けない。私達はリディヤさんの目を覚まさせて、アレン様を救うんだから。私達が一緒なら問題ない。そうでしょ？　カレン、ティナ、エリー、リィネさん」

ステラ様が力強く応じられました。思わず、見惚れてしまいます。

ティナとエリーも「大人っぽい……」「綺麗……」と呟き、ぽ～っとしています。

レフが哄笑。

「はっはっはっ、ハワード公女殿下は面白いことを仰る。極致魔法は確かに強力でしょう。だが、これだけの数の魔導兵を相手にして、勝てる、と？」

「……私達だけじゃ無理でしょうね」

ステラ様はあっさりと、首を横に振られました。兄様に似た意地悪な表情。

「でも、私達には頼りになる人達がついていますから」

「？　何を言って——」

レフは訝し気に首を傾げ、上空を見上げました。

後方の味方もざわめきます。「お、おい……」「な、何だ、この数……」「綺麗……」

——上空に無数の花が浮かび上がり、明滅。

数は数十。大橋だけでなく、対岸の敵軍後方にも浮かんでいます。

そして——次々とエルフ、人、竜人に操られた飛竜やグリフォンが魔法陣を潜り抜け、背中に乗っていた方々が地上へ降り立ってきます。第二陣ですっ！


「皆、待たせたっ！！！！」「お待たせしましたぁぁ～♪」


上空から、二人の女性が大声を出しグリフォンから飛び降りて来ました。

一人は美しく光り輝く翡翠髪のエルフ。もう一人は、長い紅髪を靡かせるメイド。

——レティシア・ルブフェーラ様とリリーです！

王都で意気投合した二人は地面に激突する直前で浮遊魔法を発動。ふわり、と着地。

「リリー！」「はい～」

槍と双大剣で、一切の容赦なく数体の魔導兵に反撃すらさせず、両断。

「脆いの。何より」「可哀想ですぅ～」

風属性上級魔法『嵐帝竜巻』と炎属性極致魔法『火焔鳥』が追撃。

勢いを増した凶鳥に呑み込まれ、魔導兵達は盛んに『蘇生』の光を瞬かせています。

「ちっ！」

レフが不機嫌そうに片手を振り、無数の黒針を放ちました。

「させませんっ！」「えいっ！」「私だって！」

咄嗟にティナ、エリー、私は、氷、風、炎の三重障壁を展開。攻撃を防ぎきります。

態勢を立て直した残存魔導兵の戦列後方でレフが叫びました。

「貴様等、何者だっ！」

「……乱雑な魔法式だの。そして、この不快な構築――聖霊教か。リリー、全て燃やしてしまえ。口を開けば、聖地奪回だ、聖霊降臨だと……この世の全てがそれで説明つくと思っておる。世界がそこまで単純であったのなら、我はもっと楽に生きておるわっ！」

レティシア様は辛辣に言い放ちました。フードの下の男の口元が引き攣っています。

対して年上メイドはころころと笑います。

「私がしたら怒られちゃいますぅ～。だって」

「――そいつ等は私が燃やしたいわ、レティ」


声と共に、巨大な深紅の『火焔鳥』がレフ目掛けて直上から急降下してきました。

魔導兵達は咄嗟に大楯を構え、耐炎結界や魔法障壁を展開していきますが――無駄。

紙のように突き破り次々と炎上させ、灰にしていきます。

ステラ様とカレンさん、アンナが注意喚起。

「みんな、退避をっ！」「耐炎結界もですっ！」「御嬢様方、お下がりください〜♪」

私達は即座に後退。リチャード兄様とリリーは「……僕は？」「リチャード兄様は御強いのでぇ〜」と会話しながら、数十の耐炎結界を発動させました。

遂に全ての魔導兵達が炎上焼失。恐るべき炎の凶鳥はレフへと襲いかかります。

「！　こ、こんな、ば、馬鹿――」

驚愕の叫びをあげ終える前に『火焔鳥』が炸裂！

桁違いの炎がレフを呑み込み、東都全域の大気を震わせ、大水路の氷河が砕け融解。

後方を確認すると、近衛騎士や獣人族の皆さんも必死に頭を下げています。

――眼前に、深紅の軍帽と軍装を身に纏い、剣を右手に持つ女性が降り立ちました。

「母様！」

「――少し遅れたわ、皆、無事ね？」

＊

母様――リサ・リンスター公爵夫人と『翠風』レティシア・ルブフェーラ様が先頭へと進み、鋭い視線を燃え盛る炎へ向けられました。

「……緊急避難用の転移魔法を仕込んでいたようね。逃したわ」

「逃げ足だけは早い。その点だけは認めざるをえんな。まぁ――今は良い」

前方では、老大騎士達と老魔法士が凄まじい業火を魔法障壁で必死に防いでいるのが見え、対岸の敵軍戦列は突如襲来した味方軍勢から猛攻を受けています。

翻りし古い軍旗に描かれているのは――『流星』。

アンナが口元を押さえました。

「……『流星旅団』とは。竜人の竜騎兵。先頭にいるは『大戦士』イーゴン・イオ様。ドワーフの重歩兵で巨大な戦斧持ちは『魔将殺し』レイグ・ファウベル様でございますね」

魔王戦争において勇名を馳せ、大陸最強とすら謳われた『流星旅団』⁉

団長『流星のアレン』戦死後、消滅した伝説の部隊が敵を薙ぎ倒していきます。

一際、巨大な花の魔法陣が浮かび、中から、巨大な物体が戦列に放り込まれました。

戦列を維持しようとしていた敵部隊が逃げ惑い、複数の岩石が大橋上に叩きつけられ、土煙を上げます。

上空の魔法陣から、鎧を身に着け、左肩に岩石を担いだ灰髪灰髭の老巨人が、ぬっ、と現れ、大橋へ着地しました。リチャード兄様が零されます。

「……『山砕き』ドルムル・ガング、か？　歴戦の古強者が全員、参戦している……？」

私はティナ、エリーと、手を握り締めあい、飛び跳ねます。

「わわ！」「す、凄いです」「こんなにたくさんの人達が！」

母様が、剣を抜き放たれ前方へ一閃。

業火を吹き散らされ、現れた老大騎士達へ冷たく問われます。ザニは負傷したようです。

「さぁ……説明してもらおうかしら」

無数の炎羽が舞い――チリチリ、と肌が焼けます。母様、怒ってらっしゃいますね。

槍を回し、レティシア様が不敵に笑われました。

「リサ、我も交ぜよ！　……そこのわっぱ共とは因縁もある」

母様の炎を防ぎきった、ヘイデンとハークレイが目を細めます。

「……レティシア様」「……お懐かしい」

「ハーグ坊、ヘイグ坊に、そこにおるはザウル坊か。ギドと共に、我が教えしこと……よもや忘れたと？」

レティシア様が寂しそうに呟かれました。魔力に反応し風が渦を巻きます。

二人の老大騎士は、問いに答えず静かに言葉を発しました。

「頃合いよの……参ろうか、ハーグ」

「うむ」

「……ハーグ殿、ヘイデン殿、吾輩も最後まで御供、仕るっ！」

ザニが槍杖を支えに立ち上がり、決死の表情を浮かべました。

ですが……どう見ても深手。とても、母様達と戦える状態ではありません。

ヘイデンとハークレイは頭を振りました。

「ならぬ」「貴様は、退がれ」

「御断り致すっ！　吾輩は誓いましたっ！　幼きあの日、西都にて！　ギド様、ヘイデン殿、ハーグ殿と共に死ぬとっ!!　今更、仲間外れは無しにしていただきたいっ!!!」

ザニは喰ってかかるも、よろめきます。

すると、ヘイデンとハークレイは老友の首根っこを摑み、

「むんっ！」「っ！！！！！」

信じられない腕力で、対岸に踏み留まり、悪戦している公爵家親衛騎士団と『紫備え』へ向けザニを放り投げ、風魔法を用い凄まじい大声で怒鳴りました。

「ユグモント！　サンドラ！　退がれっ！　我等は——最後の任を全うせん！」

「『紫備え』の指揮は以後、スラヴァリンが執れっ！　無駄死には厳に禁ずるっ！　ザウル、お主の心意気、感謝に堪えぬ。だが、年配者の命は聞くものだ！」

ザニは若い騎士と魔法士達に抱きかかえられ、必死な形相で首を横に振っています。

劣勢下でも、戦い続けていた対岸の『紫備え』の騎士達が退却の信号弾を上げました。

まさか……この御老人方は。ヘイデンが穏やかな顔になりました。

「良い。……もう、良いのだ」

「後は任せた——**忠勇なる東方の将、騎士、兵士等に告ぐっ！！！！！**」

ハークレイの獅子吼が大橋上に響き渡りました。敵味方の動きが止まります。

ヘイデンも後に続きます。

「此度の戦——我等の敗北であるっ！！！！！　……がっ。オルグレン公爵家とそれに列なる家々は王国の東方の剣にして盾！　次なる戦いが待っているっ！！！！！」

「汝等が死すべき戦場は此処にはあらず！　新しき世で、新しき王国を守れ！　此度の

馬鹿げた戦の咎は――この老人達が全て引き受けん！！！！」

「皆、守るべき対象を間違うことなかれ。努々……二度と忘るることなかれ！」

「……すまなんだの、許してくれとは――言わぬっ！　むぅぅぅん！！！！！」

ヘイデンとハークレイは槍を薙ぎ、数十本の竜巻を生みだし、落ちている大橋の間を遮断しました。

「えっ!?」「す、凄いです……」「こ、これだけの上級魔法を」

私達は驚嘆。オルグレンの『双翼』の底力！

ステラ様とカレンさんが、私達をちらり、と見ました。『油断しない！』

慌てて、老大騎士達へ視線を向けます。

すると――二人は深々と頭を下げてきました。

「……お待たせした」「……真に有難く」

「ヘイデン、ハークレイ……」

母様が沈痛な面持ちになり、レティ様も目を細められました。

「わっぱ共。もしや、ギドが我の教えを忘れたのか……？」

突風が吹き荒れ、陣地だけでなく大樹の枝までもが揺れます。とんでもない魔力です。

老大騎士達が顔を上げ、告げてきます。

「……此度の件、全ての責は我等にあり」「……王家の対策に不満あってのこと」「嘘ね」「そのような戯言が今更通ずると、思うか？」

私達だけでなく、近衛騎士、自警団の方々も緊張します。

すると――二人は破顔。懐かしそうに虚空を眺めました。

「……幼き日、先代様と父に連れられ、我等、ギド様と共にレティ様手ずから、騎士としての心得、『流星』殿の最期の逸話を教わりしこと、昨日のことのように覚えております」「あの教えと日々がなければ……我等、とうの昔に、何処ぞの戦場で屍を晒しておったことでしょう。ギド様もよく仰っておりました」

ティナが独白しました。「とっても澄んだ目。でも……悲しそう」

ヘイデンとハークレイが上空を見上げ、眼を閉じました。

「……我等は真、愚か者にございます……このような馬鹿げた戦に若い者達を巻き込み、無駄死にをさせ……守るべき、獣人の方々の命をも奪わせた………」

「……我等は咎人として処されるべき騎士擬きに堕ちもうした。しかしながらっ！　ギド様は……あの御方は毒で病床に臥され、幽閉されし後もこの国の未来を想っておられました。お救いせんとした我等を諫められ、『儂の命なぞよい。最早、この叛乱は止まらぬ。それ程までに病巣は深い……救援要請が遅すぎた。だが、オルグレンの名が泥に塗れ、家が潰れようとも、王国を、王家を、民を守らねばならぬっ。聖霊教の魔の手から』と」

『！？！！！』

この場にいる全員が驚嘆します。

ま、まさか……老公ギド・オルグレンが、こんな謀叛に老大騎士達やザニを参加させていたのは……。ステラ様が零されます。

「聖霊教に関わる貴族と諸勢力を、オルグレン自体を『餌』にして全て暴き出す為に？『双翼』を参加させることで、武力的な説得力を持たせて……？」

私達は壮絶な覚悟に声も出ません。ヘイデンとハークレイが悲痛な声を振り絞ります。

「……情けなきことながら……我等は、貴女様の教えを次代へ繋ぐこと能わず」

「……死んだ者、獣人族の皆々様には申し開きも出来ませぬ。ですが！」

「このことだけは……このことだけは、御二方にお伝えしたくっ！」

「……これらは我等の独断。ギド様には、固く禁じられております」

涙を零し、老大騎士達が母様とレティシア様に切々と訴える。

「我等が唯一の主――ギド・オルグレン公爵殿下は王国の、そして王家の大忠臣であられます。ギド様が謀反など……あり得ませぬっ！」

「そのこと、どうか、どうか………どうかっっ……！　御二方、そして三公爵殿下、畏れ多きことながら陛下にも、全てが終わりし後、お伝え願いたくっ……」

「我等の老いた首に免じまして、何卒……何卒っ…………！」」

大橋上に沈黙が満ちます。こんな……こんなことって……。

――暫く後、御二方は口を開かれます。

「……分かったわ」「……了解した。必ず伝えよう」

ヘイデンとハークレイは、全てを成し遂げたかのように、穏やかな笑みを浮かべました。

「嗚呼……有難く。これで……ようやく肩の荷が下りもうした」

「御礼に……オルグレンの騎士たる者の矜持、お見せせんっ！」

『！』

凄まじいまでの戦意。レティシア様が頭を振られます。

「……わっぱ共。もう良いではないか。意地を張るでない」

「……分かっております」「……勝ちの目は、万に一つもありませんでしょう」

「ならばっ！」

二人の老大騎士は、朗らかな笑み。

「我等は主命を果たすのみ！」「それには我等の敗北も含まれもうす！」

「…………だが」

優しき大英雄様は逡巡。母様とアンナ、ステラ様とカレンさん、私達も躊躇います。

ヘイデンとハークレイが叫びました。

「『騎士とは！　最後の最後まで主を守り、主の為に時として死する者。そして、それに値する御方を主となせ』」

「幼き日、ギド様と共に受けた教え、老いぼれた我等の心の臓にも刻まれております！　お気遣いは不要にっ！」

レティシア様は美しい翡翠の瞳を瞬かせ――槍を構えられました。

心からの賞賛。

「……見事。あのわっぱ共が……我の膝上で寝たこともある者共が、真の騎士となったこと――レティシア・ルブフェーラは誇らしく思う。東方騎士が武、見せてみよっ！」

「「はっ！」」

「ヘイデン、貴方に一つだけ聞いておくわ」

母様が言葉を挟まれました。剣を突き出し、四羽の『火焔鳥』が次々と顕現。

「何でございましょう？」

「――アレンは何処？　四英海なのは聞いたわ」

兄様の行方！　心臓が、ドクン、と高鳴り、私達は固唾を呑みます。

ヘイデンが静かに告げました。

「……行方を知るは、グレゴリー・オルグレンかと思われます」

「…………そう。ありがとう」

グレゴリー・オルグレン。公爵家三男ですが……顔を思い出せません。

私はティナ、エリーと視線を合わせ、頷き合います。その男を捕まえないと！

レティシア様が槍を回転され、止められました。

「やはり、アレンと言うのだな。……うむ。会うのが楽しみになってきたぞっ！」

暴風が吹き荒れ、翡翠色の風が形を変えていきます。

――風属性極致魔法『暴風竜』が四頭顕現。

槍の穂先が美しい翡翠色へ変化。身体にも、圧倒的な翠風を纏われます。

老大騎士達が突撃態勢。名乗りを上げました。

「――ギド・オルグレン公爵殿下が臣、ヘイグ・ヘイデンである！」

「同じく、ギド・オルグレン公爵殿下が臣、ハーグ・ハークレイ！」

「「我等――己が責を果たしたりっ！！！！」」

「リサ・リンスターよ」「レティシア・ルブフェーラだ」

「「「いざ！！！！」」」

私達の眼前で、オルグレンの『双翼』は全ての魔力を振り絞り、『血塗れ姫』と『翠風』相手に最後の突撃を敢行してきます。

私はティナとエリーの手を握り締め、それをただただ見つめていました。

＊

「馬鹿な……馬鹿な、馬鹿な、馬鹿なぁぁぁぁぁ！！！！」

私は怒鳴りながら、馬を狂ったように走らせる。

鞍に着けている通信宝珠が『グラント・オルグレンが逃げたぞっ！』『追えっ！　逃がすなっ‼』と叫んでいる。並走する貴族、騎士は一人もいない。

地上からはエルフに、空からは飛竜やグリフォンの襲撃を受けた結果、皆が散り散りになってしまった。ヘイデンとハークレイが最後に叫んだ内容も士気を大きく削ぎ、部隊丸ごと降伏した者もいるようだ。

「……おのれ、おのれ、おのれ、おのれぇぇぇぇ！！！！」

怒りに震える。よもや、あの誇り高き老人共が、無様な真似をしようとはっ！

東都中央駅舎の時計塔は引っ切り無しに鳴り続け、変事を告げている。

既に獣人街は抜け、人族の居住区に到ったが人気はなく——オルグレン公爵たる私を助けようとする者は誰一人としていないっ！

店先に荷車を用意し「——大樹の人達へ」救援物資を準備している者ばかりだ。

通信宝珠を手に取り、命を下すっ！

「私は、グラント・オルグレン公爵であるっ！　我等は未だ負けていないっ！　将兵はオルグレン公爵家屋敷へ集結せよっ!!!　不埒な敵軍へ反撃するっ!!!」

応答は——ない。くそっ！　くそっ!!　くそっ!!!

『深紫』を握り締めながら、私は自問を繰り返した。


「こ、これは……い、いったい、何が……」

休みなく馬を駆けさせ、私はオルグレンの屋敷の玄関前へ辿り着いた。

ここに来る途中の正門と周囲の石壁は崩れ、屋敷自体も破損している。

上空を見やると——飛竜が飛んでいた。竜人の竜騎兵かっ！

息のあがった馬を乗り捨て、『深紫』と通信宝珠を携え、屋敷内へ。

「誰かいるかっ！　グラント・オルグレンであるっ‼」

叫ぶも——返答はない。……皆、戦いもせず逃げ去った、というのか⁉

「グレゴリー！　何処だっ！　何処にいるっ‼」

——応答はない。

あ奴（やつ）も逃げおったかっ！　私は歯軋（はぎし）りし、『深紫』で壁を斬りつける。

「がぁぁぁぁ！！！！！！」

かつて、愚父が振るった際、魔斧槍は激しい雷を放ち数十名の盗賊を打ち倒したが、私の一撃では壁に斬撃の跡が残り止まってしまう。怒りで視界がぼやける。

この私が……オルグレン公爵たる、この私が……こんな所で……。

——……そこで、気付いた。

『深紫』を引き抜き、荒々しく上層階へ向かう。

飛竜が攻撃をしかけているのだろう。頻繁に屋敷が震える。手短に済まさねば。

あの愚かしい父、ギド・オルグレンだけは我が手で殺す……！

屋敷、最上層階へ到達し廊下へ出る。

すると——そこには意外な人物が待っていた。

前髪のみ淡い紫。軍服ではなく魔法士姿。手には斧槍を持ち、腰には短剣。

私を認め、鋭い視線をぶつけてくる。

「……遅かったな、グラント」

「……ギル、貴様……」

そこにいたのは別邸にいる筈の末弟ギル・オルグレンだった。怒鳴りつける。

「何の真似だっ！　そこをどけっ！」

「親父を殺しに行くんだろ？　――残念だったな。此処にはいない」

「………何だと？」

私は『深紫』の穂先に魔法を用意しながら、睨みつける。

ギルは王立大学校生。『光盾』の短剣がなければ、私の敵ではない。

「古くから仕えている者達に頼み、コノハの道案内で脱出させた……意識はなかったが」

「コノハだと？　馬鹿がっ！　あの女は、我が配下の」

「――あいつは、あんたのじゃない」

「！」

一気に間合いを詰めてきた末弟の斧槍を、『深紫』で受ける。は、速いっ！

押し合いながら、一般平民の母から生まれた愚弟へ言葉を叩きつける。

「ギルっ！　兄に逆らうかっ！」

「あんたを兄だと思ったことはないし、あんたも俺を弟だと思ったことはないだろっ！」

「ぐっ！」

切り返され、互いに後方へ跳躍。首にかけている聖霊教の金鎖が音を立てた。

私は紡いでいた雷属性上級魔法『雷帝乱舞』を発動！

すると、ギルは短剣を引き抜き、光の盾で荒れ狂う雷を防ぎきった。

「『光盾』だと⁉　グレゴリーに回収を……貴様等、手を組んでおったかっ！」

「……組んじゃいない。俺が此処に来た時には、あいつはもういなかった。そんなに、こんな短剣が欲しいなら、ほら」

ギルは無造作に短剣を私の足下へ放り投げてきた。床に突き刺さる。

「使えよ。グラント・オルグレン。ハーグ爺はそいつを使って俺に全部の後始末を……あんたとグレックを討たせるつもりだったんだろう。けど、必要ない」

「……何だと？」

短剣を引き抜き左手に持つ。ギルは悲しそうに頭を振った。

「あんたらの実行した『愚挙』は、構想段階で失敗することが分かり切っていた。緒戦は勝てても、この二百年間、魔王との再戦を本気で想定し、魔法が衰退しつつある中でも、牙を磨き続けていたハワード、リンスター、ルブフェーラと、東方で微睡んでいたオルグレンとは差が付き過ぎているからだ。だが、親父も、ヘイグもハーグもわざと止めようとしなかった。……何故か分かるか？　グラント・オルグレン公子殿下。まぁ、二人とも、他公爵家の武力を過小評価していたみたいだがな」

「…………戯言をっ」

ギルが斧槍を掲げた。

「──あんた達は『餌』にされたんだよ。王国内に巣食う、急進的な聖霊教と繋がりを持つ貴族達を根こそぎにする為に。親父は、その為なら家を潰しても良い、と考えたんだ」

「し、正気で言っているのかっ⁉」

オルグレン公爵家を潰す、だと？　愚かしい、愚かしいと思っていたが、まさか……。

愚弟の斧槍に魔力が集束していく。

「で、全ての後始末は俺にだとさ。……酷い話だろ？　覚悟を決めろよ、グラント。俺はもう決まった。何しろ、あんたには恨みがある。……よくも、よくも、よくもっ！！！！！　俺に、あの人を……アレン先輩を撃たせたなっ！！！！！」

廊下に紫電が舞い散り、窓硝子が次々と割れていく。

こ、この魔法は！

私は短剣を振るい、込められし『光盾』を発動させようとするも――何も発生せず。

「こ、この、欠陥品がっ！」

怒りに任せ、壁に突き刺す。ギルの魔法が完成した。

――雷鳴と共に顕現せしは、オルグレンを象徴せし雷属性極致魔法『雷王虎』。

怒りで身体がわなわなと大きく震える。

「き、貴様……貴様如きが、下賤の血が流れる、貴様如きが、そ、その魔法を……」

「本望だろう？　俺には、アレン先輩の魔法を使う資格はもうないしな……」

「ギル、待」「誰が待つかよ」

『雷王虎』が解き放たれ、屋根、壁、廊下を吹き飛ばしながら突き進んで来る。

咄嗟に雷槍を放つも、吸収され効果無し。雷の虎は大口を開け、

「ひっ！」

私を呑み込む直前に、大跳躍。屋根を吹き飛ばす。恐怖のあまりへたり込む。

荒々しい足音がし、ギルが廊下を歩いて来た。短剣を引き抜き、

「よ、よせ、や、止めろっ！　止めてくれっ！」

後退りし背が壁に当たった。ギルの短剣が振り下ろされ――耳を掠め、突き刺さる。

「～～～～～っ」

「………アレン先輩は何処だ。何処へやったっ！　何をさせているっ‼」

私は必死に言葉を振り絞る。

「し、四英海の小島にある、遺跡だ。く、詳しいことは知らんっ！　し、知っているのは、グレゴリーだっ！」

「じゃあ――……跳べっ！」

「！」

突然、ギルが風魔法で私を吹き飛ばした。『深紫』が窓を突き破り、外へ。

次の瞬間、見えたのは下の階から突き出された、黒い水を滴らせた大剣。

あの大剣、何処かで……そう思った直後、私自身も外へ投げ出され、屋根にぶつかり、意識を失った。

＊

グラントに風魔法を放ちながら、俺は後方へ跳んだ。

廊下を貫通した大剣はそこで一旦停止し――

「っ！」

大剣から無数の水棘が発生。全てを貫きながら、迫って来る。

短剣を振るい『光盾』を発動させながら、更に急速後退。

大穴を穿たれた床が落下。

土煙が巻き起こる中、下層から何かが上層階へ跳び、着地した。

鎧兜の金属音の後、土煙が斬撃で切り裂かれ、拍手。

「今ので生きているなんて、大したものです。そうでなくちゃいけません」

「…………グレゴリー」

廊下に立っていたのは、フード付きの灰色ローブを身に纏い、聖霊教の長杖を持ったグレゴリー・オルグレン。

三兄の前方には大剣を持った全身黒ずくめの騎士。顔も兜で覆われ見えず。後方には、灰色ローブの老女魔法士。レフ、という男はいない。

俺は斧槍を突き付ける。

「裏で画策していたのかは知らないが……アレン先輩の居場所は教えてもらうっ！」

「アレン？　ああ、あの獣擬きのことですか。——死にましたよ、あれは」

「…………な、ん、だと？」

自分の声がはっきり冷たくなるのを自覚する。

アレン先輩が、俺を……どうしようもなかったこんな俺を、救ってくれた人が……死んだ？　斧槍と短剣を強く強く握り締める。

「……おい？　自分が何を言ってるのか、理解しているのか？」

「ええ、理解していますよ。そうですね——どうせ、これから君は僕の実験体になってもらいますし、教えてあげましょうか。あの獣擬きはですね、『鍵』なんですよ」

「……『鍵』だと？」

グレゴリーの言葉に寒気を覚えながらも、問い返す。

実験体……目の前の黒い騎士も、そういう存在か。

「そうです。ま、欠陥品だったんですけどね。レフが十日で死ぬ呪印を刻み『炎魔』の塔に投げ込んだんですが、帰って来ませんでした。もう、二週間になります」

「…………そうか」

「おや？　怒らないんですか？？　ギルはあの獣擬きに随分と懐いているようでしたが」

俺は無言で斧槍に『雷王虎』を展開していく。

「おお！　二発目の極致魔法ですか。いい……やはり、君はいいですよ、ギルっ！　愚かなグラントやグレックとは、物が違うっ‼　君ならば、この——『黒騎士』ウィリアム・マーシャルを超える実験体となれるでしょう」

「！」

ジェラルドの事件後、行方不明になっていた黒騎士に何を……。戦慄し、吐き捨てる。

「……グレゴリー、お前は邪悪な存在だ。オルグレンの名に懸けて、ここで討つ！」

足に風魔法を回し廊下を駆ける。黒騎士の前方に、次々と禍々(まがまが)しい灰黒の盾を生み出していく。コノハの資料にあった、『光盾』と『蘇生(そせい)』の濫造魔法式！

短剣を振るい『光盾』を生み出しながら突き進む。斧槍に『雷王虎』を発動し、

「なっ！」「坊ちゃまっ！」

グレゴリーの瞳が驚きで大きくなり、魔法士が警戒の声を発した。明らかに若い。

黒騎士が振り下ろして来た大剣を――斧槍が纏いし雷は切り裂いた。

――これこそ、オルグレン公爵家が秘伝『紫斧(しふ)』。

『雷王虎』と同じく、アレン先輩に出会って以降、ずっと修練に修練を重ね、ようやく、ものにした俺の切り札だ。刃を返し黒騎士の胴を叩き斬り、更にグレゴリーへ前進。

女魔法士が割って入ろうとし――後方から殺気！

咄嗟に割れた窓へ向かって跳び、空中へ。

黒騎士の右腕から無数の赤黒い触手が伸びるのが見え、襲い掛かってくる。

「こ、これはっ！」

斧槍で何とか防御しながら、落下。風魔法で無理矢理、庭へ着地し体勢を整える。

——轟音がし、黒騎士が屋敷から飛び出てきた。右腕は完全に人の腕から逸脱している。

奇妙な魔力と共に、グレゴリー達の気配も庭に出現。……転移魔法か。

額に脂汗が浮かんでいるのがはっきり分かる。

『光盾』の力を引き出し、『雷王虎』に『紫斧』までも使った。

極致魔法も秘伝も、膨大な魔力を必要とする。既に魔力の底は見えた。

……しかし、それが何だというのか！

アレン先輩は魔力が尽きるまで戦い抜いた。もう俺は、あの人の後輩を名乗れないが
……一度はそうなった身として、無様な戦いは出来ないっ！

目の前のグレゴリーが称賛してきた。

「大したものです。ですが、もう限界でしょう？　——大人しくしろ」

指の鳴る音がした途端——

「うぐっ」

心臓が締め付けられるような激痛が走った。片膝をつき、胸に手を押し付ける。

……コノハから移した呪印、か……。

「優しい優しい君のこと。呪印の話を聞けば、自分に移し替えると思っていました。全て

僕の予想通りです。イト、拘束しろ」

「はい」

老女魔法士が近づいて来る。

ああ——……確かに予想通り、だなっ！

俺はがばっ、と身体を起こし、低い姿勢のままグレゴリーに突進。

「しまったっ！　坊ちゃまっ！」

「⁉　な、何で、僕の呪印が効いていないっ！」

「遅いっ！」

「っ⁉」

俺の斧槍はグレゴリーの長杖を両断。即座に第二撃を加えようとし、

「させぬっ！」

女魔法士が杖に形成した闇刃に受け止められていた。

黒騎士も右手を突き出し、無数の触手を放ってくる。

「くそっ！」

悪態を吐きながら、回避行動。庭の中を駆けずり回る。グレゴリーが喚いた。

「僕の呪印を、ど、どうやってっ⁉　複数の暗号式を組み込んだ自信作なのにっ！」

「確かに、厄介ではあった、なっ！」

黒騎士と女魔法士へ雷弾を速射。手数で牽制しつつ、答える。

グレゴリーと視線が交錯。

「でも、アレン先輩の魔法式に比べれば、お前の呪印なんて簡単なんだよっ！」

「……殺せ、ウィリアムっ！　ジェラルドと部下の命が懸かっているぞっ！」

顔を真っ赤にしながら、グレゴリーが喚き散らした。さて、どうするか……。

次の手を考えていた――その時だった。

「「っ！」」

俺と女魔法士は上空を見上げた。黒騎士も動きを止めている。

……何かが、とてもとても、恐ろしい何かが来る……。

「？　何をしているっ！　今だ、やれ――！？！」「坊ちゃまっ！」

降り注いだのは無数の炎剣だった。

俺は咄嗟に、『光盾』を発動。光の盾は次々と砕かれていく。

反応出来ていなかったグレゴリーは、イトに抱きかかえられ退避。

狙われた黒騎士は灰黒の盾で受け止めようとするも、炎剣の数が凄まじい。

最初こそ防いでいたものの、押され始め――

「「――！」」

直上から禍々しい残光を帯び急降下してきた黒紅炎の少女は、黒騎士の右腕、右足を双剣で容赦なく両断した。

――俺はこの『悪魔』に見覚えがある。

『蘇生』の光が瞬き、腕が再生しようとし――八枚の炎翼が剣に変容。その斬撃の嵐に曝され、黒騎士は屋敷へ弾き飛ばされた。この世のものとは思えない破壊音。

グレゴリーが怒り始める。

「な、何なんだ……？　こ、こんな事態は想定外だっ！　ああ、苛々する……イト、僕達はレフと合流するぞ！　もう、得られる物は全て得たんだ。此処に用はないっ！」

「待てっ！　グレゴリー！」

俺の叫びに反応せず女魔法士が呪符を掲げると、グレゴリーの姿が掻き消えた。

直後、瓦礫の中から、黒騎士が這い出てきた。最早、人の形を保つことが出来ないらしく、右手から触手が蠢き、四足獣の姿だ。こんなことが許されていいのか。

だが、今は――俺は大声で呼びかけた。

「リディヤ先輩っ。お願いです……正気に戻ってくださいっ‼」

――この禍々しき魔力をまき散らし、その余波だけで周囲一帯を炎上させつつある人の名前は『剣姫』リディヤ・リンスター。

深紅の瞳に光はなく、紅髪は傷み、艶がない。

頬と右腕には謎の紋章が浮かび、背には禍々しい炎の八翼。

こうなってしまった原因は……間違いなく、アレン先輩の安否を聞いたが故だろう。

どうすれば……どうしたら。

「リディヤ先輩」

その後の言葉を続けることは出来なかった。

黒騎士が身体全体から『剣姫』へ無数の灰黒の水槍を猛然と乱射したからだ。

炎翼は容赦なくそれを迎撃し、黒紅炎と衝撃で地形すら変容させていく。

「くっ！　先輩、がっ！！！！！」

俺は衝撃波で屋敷周囲の石壁に叩きつけられた。

続いて黒騎士は無数の黒灰色の大水球を生み出し、リディヤ先輩も無数の荊棘の炎蛇を生み出していく。まずい……このままじゃ……。

手を伸ばし、前へ進もうとするも、身体が動かない。

俺は……肝心な時に何時も何時もこうだ。視界が涙で滲む。

「ア、レン、先輩……すい、ません……」

再びの大衝撃になすすべなく吹き飛ばされ、身体が宙を舞い、屋敷近くの水路へ落下。

手から零れ落ちる斧槍と短剣。冷たい水。沈んでいく身体。遠ざかる意識。

ああ……俺、死ぬんだな。アレン先輩へ恩を一つとして返せないまま……。

コノハの奴は……ちゃんと逃げたかな？　上から音がした。

——腕を掴まれ、無理矢理、水面へ浮上していく。誰だ？

意識が途切れる寸前、視界に映ったのは、俺を抱きかかえ必死に水面を目指す、黒髪の少女だった。……こいつも馬鹿な奴だなぁ。俺なんか見捨てればいいのに。

でも——最後の魔力を振り絞り、風魔法で自分達を水面へと押し上げる。

「ぷはっ。ギル様！！！！」

コノハが俺に声をかけてきた。水に濡れているのに、泣いているのが分かる。

——やっぱり、アレン先輩のようには上手く出来ないな。

笑おうとしながら、俺は意識を手放した。

第4章

「植物魔法が使える者は大橋を修復せよ。簡易で構わん」「水魔法が使える者は手を貸せ。市街地の火を消す！」「負傷者は敵味方問わず手当を」「巨人さん、ドワーフさん！　瓦礫をどかしてっ」「女、子供を大樹の外へ出すのは後にしろ」「抵抗する部隊には降伏を勧告せよ。グレック・オルグレンは捕虜に、グラント・オルグレンは逃げ去った！」

短くも激しい戦闘の終わった大樹前は混乱の坩堝と化していた。

いないのは追撃を実行している竜人族と、最後の転移魔法でやって来られる『花賢』様と半妖精族。そして、学校長くらいか。

アンコ嬢と教授の教え子達は王都に残留し、王立学校地下を封鎖するそうだ。

一先ず言えるのは——ここに人種の違いはない。

「リチャード、部隊の再編、完了致しました。ヘイデン卿、ハークレイ卿共、重傷ですが、命に別状は……如何しましたか？」

ベルトランが訝し気に尋ねてきた。僕は片目を瞑る。

「いや、なに……言葉にはし難いんだけれど、戦った甲斐があるなって、さ」

「……確かに」

熟練騎士も目を細めた。この場にこそ、王国の未来がある。守るだけの価値はあった。

小さく静かに、けれどはっきりと告げておく。

「……戦死した者達の名前を調べておいてくれ」

「……はっ」

しんみりしていると大樹の方から、先程までルーチェと語らっておられたレティシア様と母上がやって来られた。アンナとロミー、不満そうなリリーを従えている。

「リチャード」

「母上……よろしかったのですか？　リィネ達だけで行かせて？」

この場に、ハワード姉妹、エリー嬢とカレン嬢、そして、僕の妹のリィネ・リンスターはいない。異常な魔力を感知しオルグレンの屋敷へ急行したのだ。

美しい翡翠髪を靡かせ、レティシア様が断言される、

「リサに実の娘は斬れぬ。この姫は優し過ぎるのだ。娘を斬るくらいなら、自らが斬られた方が良い、と真剣に思いつめるくらいにはな。……否。母親とは須らく、そうあるべき

なのかもしれぬ。あの、エリンという者のように」

――ヘイデン、ハークレイとの戦いを制された母上が真っ先に向かわれたのは、大樹内で怪我人の治療をされていた、エリン殿のもとだった。

そして、再会するなり抱きしめられ、泣きながら謝罪された。

『……エリン、許してちょうだい。私は貴女とナタンにアレンを託されたのに……』

『リサさん、泣かないでください～。アレンはああいう子なんです。あの子は私とナタンの誇りです。でも……出来るならば、私が代わってあげられたら良かった…………』

……母上が泣かれるところを初めて見た。

むくれているリリーが挙手。

「はいっ！　リィネ御嬢様達だけでは不安です～。私も――」

「却下します♪」

アンナがあっさりと遮った。副メイド長は眼鏡を光らせる。

「リリー、貴女はメイド。後のことは御嬢様方に任せるべきです。王都に残られたマーヤ、そして、私達に転移を譲られたハワードのメイドの方々に笑われてしまいますよ？　それとも……リリー御嬢様も、アレン様が気になるのでしょうか？」

「!?　うぅぅ……ロ、ロミーは意地悪ですぅ………」

「母上、三公の軍と王女殿下は当面、王都を離れられないとのこと。アレンの」

救出はどうなさいますか？　と尋ねる前に、僕達の前に飛竜が降り立った。

背に乗っているのは、竜人族の大戦士イーゴン・イオ様。そして、黒髪褐色肌で男装をしている少女と魔法士姿の青年。二人共、気絶しているようだ。

僕等を認め、イオ様が青年と少女を片手で抱え飛竜を降り、そっと二人を横たわらせる。

「我等の前に、少女が飛び出して来たのだ。『この御方の手当をっ！　グレゴリーは既に逃亡……アレン様は……』とまで、言ったところで力尽きた」

「リリー」「はい～」

母様が指示を出され、すぐさま、二人の治療を始めた。

数年前、王宮舞踏会にいた冷めた目をしたオルグレンの末子。名は。

「……ギル・オルグレン、か」

人々の冷たい視線。今や、『オルグレン』は、親の仇と同義になってしまった。

黒髪着物姿の女性――モミジさんが少女へ駆け寄り、続いて、スイ君も追いかけて来る。

「コノハ！」「モ、モミジ！　待てって！」

思い至る。ギル・オルグレンを救ったのはモミジさんの妹、か……。

大樹上空に花の形をした魔法陣が浮かび上がった。最終組だ。

リィネの話では、『勇者』様も来られる、とのことだったが。

オルグレンの屋敷がある方向からは、禍々しい魔力が発せられている。

一つは急速に力を小さくしつつあるが、もう一つは間違いなく……妹のものだ。

僕は未だ生死不明の友へ祈った。

「……アレン、どうか、リディヤを……僕の妹を守っておくれ……」

＊

「エリー、リィネ、見えてきましたよっ！」

「あぅあぅ……も、燃えてます……」「一体何が……」

先頭でグリフォンを飛ばしているティナが前方を指し示し、私の隣を飛ぶエリーが怯えた声を出しました。黒煙に包まれ、屋敷自体は見えません。

先程まで二つあった強大な魔力は、一つに減っています。ステラ様が注意を喚起。

「敵兵が潜んでいる可能性もあるわ。みんな、気を付けて！」

「「はいっ！」」「ステラ、私が先行するわ」

カレンさんが一気に蒼翠グリフォンの速度を上げられて、前へ。

荊棘の炎蛇がのたうっている屋敷上空へ侵入。眼下の光景に私達は絶句しました。

屋敷は炎に包まれ瓦礫の山と化し、周囲の壁も過半が崩壊しています。

周辺を見渡すと、黒い鎧兜の騎士が正門に突っ込み、完全沈黙。右手がありません。

突如、暴風が吹き荒れ、炎が散らされました。

必死にグリフォンを操り、目を凝らすと——見えてきました。

瓦礫の上に立ち、漆黒の軍服を着て、双剣を地面に突き刺している少女。

「リ、リディヤ……さん……？」

ティナが呆然。姉様は私達に興味を示されず、左手で横たわっている軍服の男——グラント・オルグレンの首を持たれ、掲げられました。

どんどんグラントの顔が蒼くなっていきます。まずいですっ！

カレンさんがグリフォンの背から飛び降り、黒の短剣を抜き放ち姉様へ急降下。

「何をしているんですかっ！！！！　貴女はっ！！！！！！」

轟くカレンさんの凄まじい怒号。手には十字雷槍が顕現しています。

姉様が上を向かれ、グラントを無造作に屋敷の外れへ放り投げ、剣を抜かれました。

——十字雷槍と剣が激突！

大気が震え、無数の炎羽と紫電が渦巻きます。

ステラ様が私達に手で合図をしてきました。グリフォンを降下、地上へ飛び降ります。
「くっ！」
カレンさんは弾かれ、私達の傍に着地。姉様が、降り立った私達を見ます。
――ゾワリ、背筋に寒気が走りました。
深紅の瞳は虚無。炎翼は生き物のように形を変容させ定まりません。
エリーが震え、ステラ様の左腕に抱き着いています。何か、何か言わなければ。
震える声で、言葉を口にしようとした――……その時でした。
『！』
私達は、一斉に空を見ました――あの方が来る！
姉様の囁きが妙にはっきりと聞こえました。
「こんな――……あいつのいない世界を守る偽善者なんかに用はないのよ？」
炎翼が揺らめき、数百の黒紅の炎剣に。高速で舞い降りる彼女を迎撃します。
涼やかな声が響きました。

「紅い弱虫毛虫。単なる弱虫迷子になった」

眩すぎる閃光。数百の黒炎剣が一撃で砕かれ、消失。

──白金髪の少女が瓦礫の上に降り立ちました。

手にあった焼き菓子を口に放り込み、ぺろりと指を舐め、私達よりも数歩前へ出て、両腰へ手を置きます。初めて、姉様の瞳に虚無以外の感情が浮かびました。

「……『勇者』アリス・アルヴァーン」

「弱虫迷子。『星』を見失って、歩き方すらも忘れたの？　目を覚ませ」

「……偽善者。わたしはあいつのとこにいく。わたしのじゃまをするなら──斬る」

「寝言は寝て言え。そんなざまじゃ、永久に私には届かない」

姉様は目を鋭くされ、背中の八翼から、数千の荊棘の炎蛇が襲い掛かります。

ステラ様が細剣と短杖を抜き放ち、私達へ号令を発しました。

「ティナ、エリー、リィネ、退がって防御障壁を！　カレン！　一旦、退いて！」

「「はいっ！」」「……分かったわ」

私達は後退しステラ様と共同して、幾重にも魔法障壁を張っていきます。

アリスさんは迫って来る炎の荊棘の炎蛇の波を見つめ、溜め息を吐かれました。

「はぁ……情けない。あの人がいないとこの程度。折檻が必要！」

すっ、と左手を伸ばします。バチバチ、と凄まじい雷が空間に遷移。

『勇者』様が囁かれました。

「――『一雷』――」

眩い閃光が走り、無数の炎の荊棘の炎蛇が一瞬で消滅。私達が構築した魔法障壁も次々と崩壊。暴風も吹き荒れ、様々な物が巻き上がり視界が閉ざされていきます。

こ、これは『魔法』という枠で語ることが不可能な威力です。

「エリー、風を」「は、はいっ！」

ステラ様が指示を飛ばされ――エリーの風魔法によって視界がある程度、回復。

姉様は!?　前方でアリスさんが困った顔になりました。

「……力を入れ過ぎた。弱虫迷子。目が覚め――む」

アリスさんは身体を動かし土煙を突き破り、遥か上空から降り注いだ炎剣の雨を回避。

姉様の八翼は剣のように鋭くなり、『炎麟』の紋章が頬にまで広がっています。

浮遊するその姿は……『悪魔』そのもの。

アリスさんが後退し、鋭い眼光を向けられます。

「私は四年前に言った。『離すな』って。離したら、自分一人で歩けもしないくせに、強がって、強がって、結果がこれ。…………ムカついてきた！」

勇者様が右手を上空へ向けました。再び――凄まじい魔力の高まり。

姉様もまた無造作に双剣を振るわれ、八羽の『火焔鳥』を顕現。

ステラ様とカレンさんが零されます。

「そんな……」「醜い……」

姉様の『火焔鳥』は辛うじて鳥の形状こそ維持しているものの、身体と翼には炎の荊棘の炎蛇が蠢き、炎そのものも禍々しく血の如き黒紅です。

ティナとエリーは黙り込み、絶句。私は自然と身体が震えてきます。

これが……こんな魔法が『剣姫』リディヤ・リンスターの『火焔鳥』なの……？

アリスさんと姉様は私達の眼前で、魔法を撃ち合います。

「――『三雷』――」「きえて」

先程を超える三本の閃光と衝撃波。残っている瓦礫や庭の樹木をへし折っていきます。

こんな状況で私に出来ることなんか……視界が晴れてきました。

「姉様がいない……？」「壁の上ですっ！」

私の呟きにティナが鋭く応じました。右手の甲の紋章が蒼く輝いています。

壁上では姉様が八翼を羽ばたかせていました。禍々しい黒紅炎の荊棘の炎蛇が地上にまき散らされ、炎上を拡大。八羽の『火焔鳥』も再顕現していきます。

——突然、ティナが一歩を踏み出しました。アリスさんを追い越します。

「同志？」

ティナが背筋を伸ばしました。


「アリスさん、ありがとうございました。ここから先は——私達がやります！」


「「えっ⁉」」

私とエリーは手を取り合います。あんな状態の姉様を……兄様抜きで止める？

すると、『勇者』様は宝石のような瞳をぱちくりさせ——破顔。

「流石、私の同志。狼の娘なだけはある。任せた。頑張って！」

アリスさんはそう言うと、跳躍し、最後方へ。

む、無茶です。私達五人がかりでも姉様に敵う筈ありません！

そもそも、あんな『火焔鳥』を防げる筈——……あ。エリーと顔を見合わせます。

姉様が使われる本気の『火焔鳥』は正しく、全てを滅する炎。

いくら御伽噺の英雄様であっても、楽々防げるような代物じゃ絶対にありません。

なのに……アリスさんが私達の背中を押しました。

「赤いぴよぴよ、頑張れ。まだまだ勝負は分からない。……私の敵は頑張らなくていい。そんな胸は不謹慎。将来性まである。強い遺憾を表明。もぐ？」

「っ！　は、はい」「あぅぅぅ。ひ、酷いですぅぅ」

私達は背筋を伸ばし、前へ。

ステラさんとカレンさんは先に理解されたようで、既にティナの隣に立たれています。

ティナが、長杖を上空にいる姉様へ突き付けました。

「今のリディヤさんなんて、怖くありませんっ！　先生の隣は私が貰いますっ‼」

その啖呵を聞いた姉様が苛立たしそうに顔を歪められました。

「……わたしのじゃまをするなら、ようしゃしない……」

「はいはい。泣き虫リディヤさんの脅しなんか」「あまり、怖くはないですね」

「⁉」

突如、姉様を囲むように、無数の氷弾が出現。ティナとステラ様の『氷神弾』！

カレンさんが駆け出され、『雷神化』。瓦礫を駆け上り、空中へ大跳躍。

姉様は炎翼を剣に変化させ氷弾を迎撃。憤怒の視線を叩きつけてきました。

「…………なまいき」

「……ごめんなさいっ！」「隙だらけもいいとこですっ！」

「！！！」

氷弾に意識を取られていた姉様へ、エリーの風属性上級魔法『嵐帝竜巻』が上から強襲。

その中には――十字雷槍を持たれたカレンさん！

動きが鈍い『火焔鳥』を次々と打ち砕き、姉様に振り下ろしました。

姉様は左の剣で迎撃されますが、

「っ⁉」「ぬるいですっ！！！！」

姉様をカレンさんが押し込んでいきます。右の剣が動く前に、

「「「させませんっ！」」」

ティナとステラ様の氷弾とエリーの風鎖が殺到。氷の蔦となり動きを封じます。

姉様の表情に驚きが浮かびました。疑念が確信に変わります。

今の姉様は――……何時もより数段『弱い』！

魔力こそ凄まじいですが、構築は粗雑。

兄様と並ぶ、姉様の魔法式とは思えません。

片手剣を横薙ぎに一閃。『火焔鳥』を殴りこませます。

「姉様！　目を覚ましてくださいっ！！！！」

「⁉」

迎撃してきた炎翼を『火焔鳥』は食い破り、

「頭を、冷やせっ！！！」

「っ！」

カレンさんが姉様を押し切り近くの瓦礫へと叩き落としました。土煙が立ち上ります。

……これで、目を覚ましてくれたらいいんですが。

ステラ様の隣にカレンさんが着地。ティナ達も未だ警戒心を解かず、現在使える自身の最強魔法を紡いでいます。

アリスさんの批評が聞こえてきました。

「ん。悪くはない。でも」

『！』

瓦礫をバラバラに切断し、姉様が姿を現されました。苛々した様子で叫ばれます。

「……どうして？　どうしてわたしのじゃまをするのっ⁉　わたしはあいつのとなりにいたいだけなのっ‼　そのじゃまを、っ！」

「バカっ！」「今のリディヤさんを見たら」「アレン先生が悲しまれますっ！」

カレンさん、ステラ様、エリーが姉様との距離を一気に殺し、接近戦へ移行。

十字雷槍が煌めき、目にも留まらぬ連続突き。

苦し紛れに放たれた姉様の斬撃をステラ様が短杖に発動させた『蒼楯』で受け止め、『蒼剣』で左手の剣を凍結させ、弾きます。

踏み込んだエリーは拳と足に風を纏わせ、乱打、乱打、乱打、乱打！

三人がかりとはいえ、少しずつ……でも、確実に押していきます。

——普段は馬鹿馬鹿しいまでに強いあの『剣姫』を、です。

ティナが後ろ髪につけている純白のリボンを取り、長杖へ結び、掲げ、私を呼びました。

「リィネ！」「貴女は魔法に集中してくださいっ！」

……姉様は兄様が行方不明になられて以降、殆ど食事を摂られていません。

そして、毎晩、押し殺した泣き声が御部屋からは漏れていました。

もう姉様の心と身体は限界を——ステラ様とエリーが弾き飛ばされます。

「くっ！」「きゃっ！」

カレンさんは姉様と互角に渡り合われていましたが、二人がいなくなったことで、姉様の双剣の圧迫が増加。背の八翼も荊棘の炎蛇となり、カレンさんへ襲い掛かります。

「これぐらいっ！」

雷槍で一気に薙ぎ払いますが、振るわれた双剣を躱したことで、二人の間に空間が、ぽっかり、と開きました。姉様は地面を蹴り、ティナへ向かって突進。

「リィネ！」「任せてっ！」

私も姉様へ突撃。双剣の一撃を真正面から受けとめます。

速い……けれど、軽い。

――違う！　違うっ‼　違うっ!!!　『剣姫』はこんなに弱くないっ！！！！

姉様の瞳に浮かぶのは焦燥。

『どうして私は、この子達を圧倒出来ない？』

当たり前ですっ！

『剣姫』の隣には、いつも『剣姫の頭脳』が――兄様がいました。

今の姉様は深い悲しみと……兄様を喪うかもしれない恐怖に捉われているんです！

そんな、そんな……

「弱虫『剣姫』には負けません！　私は――私達は兄様の教え子なんですからっ‼」

発動した二羽の『火焔鳥』が剣に吸い込まれていきます。

剣身が紅に染まっていき——私はリンスター公爵家の秘伝『紅剣』を発動！

「⁉」「正気に戻ってくださいっ！！！！！」

姉様が左手に持つ片刃の魔剣が砕けました。衝撃で軍帽が舞い上がります。

驚愕の表情を浮かべられている姉様を弾き飛ばし、私は後方へ叫びました。

「ティナ、今ですっ！！！！！」

「いい加減にっ、目をっ、覚ませぇぇぇぇぇぇぇぇ！！！！！」

薄蒼髪の公女殿下の背には氷の双翼。

氷華が舞い踊り、目で見える程の魔力が集束。長杖が勢いよく振りおろされました。

一陣の雪風と共に巨大な『氷雪狼』が顕現。大咆哮し突撃開始。

体勢を崩されていた姉様は右手の剣を振るわれようとし、

「終わりです」「させませんっ！」「リディヤ先生！」

カレンさんの投じられた十字雷槍、ステラ様の『蒼剣』によって剣が砕かれ、エリーは風鎖で炎翼を拘束。

そして遂に『氷雪狼』が直撃！！！！

刹那——……姉様が微笑まれたように見えました。

建物全体を覆うような猛吹雪が吹き荒れ、視界が白く、白く閉ざされていきます。

その間、カレンさん達が次々と私の傍へ。皆、油断はしていません。

——ようやく、吹雪が収まってきました。

私は大氷塊と化している屋敷の残骸を確認して振り返り、主席様へジト目。

「…………ティナ、やり過ぎです」

「し、仕方ないじゃないですか！　リィネだって『紅剣』を……先生のノートですか？

私のノートには書かれていなかったのに⁉」

「貴女にはまだ早い、と兄様が思われたからでしょう。私は違いますけどね」

「……王都では『ティナぁ、エリーぃ……』ってべそかいていたくせにっ！」

「か、かいていません」「かいていましたっ！」

「「っ！」」

「あぅあぅ、テ、ティナ御嬢様、リ、リィネ御嬢様、喧嘩は駄目ですよぉ」

主席様と至近距離で睨み合っていると、エリーがわたわたしながら止めてきました。

……こういうやり取りがとっても懐かしいです。ティナも口元が緩んでいます。

氷塊が斬撃で切り裂かれ、崩壊しました。

『っ！』

私達は即座に臨戦態勢を取ります。……駄目、だったんでしょうか？

ゆっくりと姉様が、今や氷山と化している屋敷の天辺に姿を見せられました。

背中の炎翼と紋章は消失。左手に停まっている懐中時計を持たれています。

吹き飛んでいた私の軍帽が舞い降りて来ました。

「…………」

姉様は無言で軍帽を宙で手に取られました。

スカートの泥をはたかれ――次の瞬間、

「落とし物よ。……強くなったわね」

「え？」「「「!?」」」

私の頭に軍帽。直後――この世のものとは思えない斬撃音。

美しい紅の炎羽が舞い踊ります。

「……起きた？　紅い弱虫毛虫？」

「……ちっ！　死ねばいいのにっ」

姉様は私達に反応すらさせず通り過ぎ、アリスさんに斬撃を喰らわせていました。

勇者様は一度も抜かなかった剣を鞘から半ば抜き、深い紫の光を放っています。

距離を取ると、姉様の剣が完全に砕け散りました。

アリスさんが「ふふん。私の方が強い」と勝ち誇り、納剣。

姉様は苦々しそうに睨みつけられた後、私達へ傲然と言い放ちました。

「あんた達、まだまだね。……小っちゃいの、誰の『隣』ですって？　万年早いわ！」

何時も の姉様。『剣姫』リディヤ・リンスターです……。

私は口元を覆ってしまいます。……良かった。本当に本当に、本当に良かった！

「リィネ御嬢様」

エリーがそっと抱きしめてくれたので、抱き返します。首席様が叫ばれました。

「そ、それが、暴走していた人の言う台詞ですかっ!?　このことは先生に——っ！」

「！」

ティナと姉様が突然、同じ方向へ鋭い視線を向けられました。

二人の右手の甲には紅と蒼の紋章が美しい光を発しています。

「こ、この魔力って」「間違いありませんっ！」「アレン様っ」「兄さんですっ！」

僅かに遅れて私達も感知。東北に向き直ります。

兄様の魔力が突然、東都郊外に出現しました。アリスさんが小さく零されます。

「……アレン。良かった。でも……」

正門が空中高く舞い上がり、倒れていた黒騎士が立ちあがりました。腕と足も再生しています。こんな時にっ！

アリスさんが切迫した声で命じられます。

「リディヤ、ティナ！　行けっ！　あの人が泣いてる。その騎士は、雑な『蘇生』『光盾』、『石蛇』も混ぜ込まれているから、倒すには時間がかかる。だから」

「――私の腕の見せ所ですね」

ステラ様が微笑され、細剣と短杖を交差されました。

清冽な白蒼の雪華が広がり、黒騎士を取り囲んでいきます。浄化魔法!?

カレンさんが片手を振られ、エリーも促します

「とっとと行ってください」「す、すぐに追いつきます！」

姉様とティナは頷き、それぞれ背に深紅の八翼と蒼の双翼を広げました。

「カレン、ステラ、エリー、リィネ、ここは任せるわ！　小っちゃいのっ！」

「はいっ！　私達は先生をっ！」

先にティナがふわり、と浮かび上がり、慣れない様子で飛翔していきます。

姉様も後を追われようとし――私を抱きしめ、耳元で囁かれます。時計の音。

「……リィネ、ごめん。ありがとう」

「っ！　…………姉様ぁ」

炎翼の熱が頬を撫で、続いて浮かび上がった姉様は上空でティナの手を掴み、急加速。

「っ～！」ティナの叫びを残し、あっという間に見えなくなりました。

「！！！！！！！！！！！！！！！！」

形の定まった黒騎士が咆哮しました。……まるで、慟哭するかのように。

魔法を紡ぎ終えられたステラ様が、凛々しく宣告。私達も武器を構え直します。

「……どうか、もう安らかに眠ってください。いきます！」

＊

「……遅い。レフの奴はいったい何をしているんだっ！　イト！　連絡は！」

「ございません。グレゴリー坊ちゃま、御心を御鎮めください」

「……ちっ」

坊ちゃまは苛立ちを隠されず、小石を崖下へ蹴り落とされた。

私はその間も、油断せず隠蔽結界と魔力感知を継続する。

——此処（ここ）は合流地点に指定された東都郊外、『別離』の滝を見下ろす崖。

周囲は、植生豊かなこの地では珍しく、荒涼としている。

未（いま）だあの胡散臭（うさんくさ）く自意識過剰な狂信者は到着していない。

敵通信宝珠を傍受したところ、大樹へ向かったレフは、あっさりと敗退したようだ。

さもあらん。何しろ相手は『血塗（ちまみ）れ姫』と『翠風』。そこに、伝説の『流星旅団』までもが参陣している。勝てる相手ではない。

既に叛乱（はんらん）軍は総崩れの有様（ありさま）。今日は光（ひかり）曜日だから……一ヶ月しか持たなかったか。

隠蔽結界は重ね掛けし、転移魔法の呪符も残っているが安心は出来ない。

早く脱出せねば……。最悪の場合、無理矢理、坊ちゃまを気絶させてでも。

私の思いを知らぬ坊ちゃまが片手で髪をかき乱される。

「……僕の読みは完璧だった。聖霊騎士の実験も出来たし、大樹の古書も獣に持ちださせ国外へ送り出した。王都が持たないことも織り込み済みだ。……なのに、西方が動くだと？　戦略転移魔法をどうやってこんな短期間で発動させたんだっ！！！！！」

王都陥落の急報が届いたのは、本日早朝。

王国西方最強魔法士と知られる、『花賢』チセ・グレンビシーと半妖精族。三大公爵家の練達の魔法士がいたとしても……僅か一日での早期発動は理に合わない。

まるで敵方に、魔法制御の熟達者が複数いるかのようだ。

——空間が歪む。私は容姿を老婆へと変えた。

直後、出現したのはフード付きの灰色ローブ姿の男達。坊ちゃまが声をあげられる。

「レフ！」

「……申し訳ありません、遅参致しました」

先頭の男がフードを取り恭しく頭を下げる。杖は喪ったようだ。

周囲の男達は無言。フードを深く被り表情も読み取れず。

如何なる事態にも対応出来るよう、密かに魔法を準備しておく。私はお人好しではない。

聖霊教はともかく、レフ本人を信じておられる坊ちゃまが頭を振られた。

「手に入れるべき物は得た。黒騎士の実験も成功したぞ。『蘇生』『光盾』、そして『石蛇』を埋め込む魔導兵は実現可能だ！　ギルは回収出来なかったが……」

「使い捨ての黒騎士はともかくとして——ギル・オルグレンを、ですか？」

ピクリ、とレフが眉を顰めた。

聖霊教は彼の公子を『得るべき物の一つ』とし、回収の要求を突き付けていたのだ。

レフの様子を気にされず、坊ちゃまは話しかけられた。

「此処は東都に近過ぎる。脱出しよう。聖霊騎士団には連絡済みだ」

「……そうですな。『獣擬き』も報告はありません。駄目だったようです」

「飢えて死んだか。『封』で死んだか。残念だったな」

――『剣姫の頭脳』。

リンスター、ハワード両公爵家、教授、『大魔導』という怪物からの信頼厚く、表舞台に登りつつあった狼族の養子。此度の乱でも最後の最後まで戦い抜いて見せた。

……それ程の者が易々と死んだ？

坊ちゃまが、子供のように瞳を輝かせレフの手を握り締めた。

「レフ、僕は此度手に入れた禁書と古書を読み込み、世界最高の魔法士になり、グレゴリー・オルグレンの名を大陸全土に轟かせてみせるっ！　今後とも、よろしく頼む‼」

対して、男は無言。激しい違和感。私は引き離そうとし、

「坊ちゃま――……上ですっ！」

叫びながら、紡いでいた雷属性上級魔法『雷帝轟槍』を五連発動。襲撃者を迎撃する。

直撃する寸前で次々と魔法が消失。敵の姿が浮かび上がってきた。

そこにいたのは鞍を載せていない野生のグリフォン。

背には、ボロボロのローブを着て剣と長杖を持っている青年と、白の外套を纏った幼女を乗せている。

私に気付かれず、隠蔽結界に侵入を果たす程の魔法士？

「……『剣姫の頭脳』、アレン……」

信じ難い静謐性と魔法制御に戦慄していると、青年はグリフォンの頭を一撫で。

後ろを振り返り、幼女へ何事かを囁く。

「アトラは乗ってて」「！」「……岩の陰に隠れていようね？」

向き直り、青年が飛び降りて来る。幼女も後に続き、グリフォンが飛び立っていく。

坊ちゃまが動揺され、レフも苦々しく叫ぶ。

「なっ⁉」「……貴様はっ」

着地し幼女が岩の陰へ。短剣を抜き放った男達に、青年は魔剣と魔杖を振るう。

「がっ！」「ぐっ！」「短剣が」「これ程、容易く⁉」次々と薙ぎ倒されていく。

「お、おのれっ！」

坊ちゃまが零距離から雷矢を発動されようとし――消失。魔剣の横薙ぎが襲いかかる。

「！　っ⁉」

私は擬態を解き長杖の穂先に闇刃を形成し、反応出来ていない坊ちゃまの前へ。一撃を受け止める。魔法介入を防ぐ為、魔法式を都度変化させ対応するも、闇刃が消えていく。

……これ程とはっ！

「死ねぇいっ！！！！！」

腰の短剣を抜き放ち、レフが闇属性上級魔法『闇帝縛鎖』を発動。

青年は魔杖を横に薙ぎながら岩の傍へ。鎖が引き千切れ凍結し、虚空に消えていく。

「！　‼」

岩の陰から顔だけを出した幼女が跳びはねている。白い獣耳と尻尾。獣人だ。

『剣姫の頭脳』が坊ちゃまとレフへ鋭い視線を叩きつける。

「貴方達が叛乱の黒幕ですね？　なら……逃すわけにはいかない。ついでに、四英海の借りも返させていただきます。やられっ放しは、趣味じゃないので」

＊

「ぐっ！　き、貴様……獣擬きの分際でっ！」

「…………」

聖霊教の灰色ローブを着ているグレゴリー・オルグレンが、余裕がない様子で喚く。

短剣を右手に持っているレフは無言でアトラを凝視。僕は身体を動かし視線を遮る。

指輪からの光は狂信者を指し示したまま。やはり、この男が術者。

問題は……グレゴリーを守るように前に立つ小柄な女性魔法士。練達だ。

レフが言葉を発した。

「……獣擬き。貴様、『炎魔』の封を解いたのだな？　後ろの存在は大魔法『雷狐』！　はっはっはっはっ！　何という僥倖ッ‼　聖女様の思し召しだっ‼」

グレゴリーが女性魔法士を手で強引に押しのける。

「イト、どけっ！　獣擬き、『雷狐』とは何だっ！　最奥にあると伝わる研究室にも到ったのかっ！　資料はっ！」

倒した筈の魔法士達が身体から禍々しい光を放ち、次々と立ち上がっていく。

全員に濫造の『蘇生』が埋め込まれている。

「貴方では扱いきれませんよ。資料は持ちだしていませんし『封』は閉じられました」

「な、んだと……？　き、貴様、じ、自分が何を言っているのか、分かって……」

グレゴリーが愕然とし、身体をよろめかせた。レフが動き、肩に手を置く。

「レフ！！！！　『炎魔』の資料——……え？」

「邪魔だ」

——レフの短剣がグレゴリー・オルグレンの身体を刺し貫いた。

グレゴリーの口から鮮血が零れ落ちる。

「ごふっ……な、何で…………？」

血のついた短剣を眺めながら、狂信者が冷たく言い放つ。

「決まっているだろう？　お前も我が主への『供物』の一つ。オルグレンの末子の回収すら出来ぬとは……無能がっ！　薄い血を使ってもらえるだけ、有難く思え」

「レ、フ……」「貴様ぁぁぁぁぁ！！！！」

イトと呼ばれた女性魔法士が憤怒の表情を浮かべ、雷属性上級魔法『雷帝轟槍』をレフに対して発動。対して、灰色ローブの魔法士達が次々と魔法を発動。まずい！

僕は風魔法でグレゴリーとイトを空中へ吹き飛ばす。

「っ！」

公子を空中で抱きかかえ、滝へ落下していく女性魔法士の帽子が飛んだ。

頭には二本の小さな角。……魔族⁉　レフがわざとらしい賛辞をしてきた。

「よく反応出来たものだ。……貴様は危険だ。我等の悲願達成の障害たり得る」

魔法士達の前面に構築されている未知の反射系魔法式。

対魔法士戦闘を極めている戦闘集団。全員が聖霊教異端審問官か。

「故に聖女様の御言葉に背いても、私、使徒レフが殺す！　くく……王国公爵家にはウェインライトの血が流れている。つまり――同志達よ、殉教の時、来たれりっ！」

『オオオオオオオオオオオオオ！！！！！！！』

十数名の灰色ローブ達が三列に分かれて膝をつき、祈りの姿勢。

レフが、血に濡れた短剣を僕へ向けると、巨大な魔法式が前方に浮かび上がってくる。

毒々しい程の深紅。地面に亀裂が走り、木々が枝を大きく揺らす。

それに干渉しようとし――

「！　魔法が使えないっ!?」

目の前で、レフの短剣に、男達の魔力が吸い上げられ供給機関と化していく。

レフは懐から小さな硝子瓶を取り出し、緑色の液体を呷った。爆発的に魔力が急上昇。

「素晴らしい。これが世界樹の力！　これならば、多少血が薄くても……受けてみよ。大魔法を捕らえし戦略拘束結界『八神絶陣』だ。死ね！！！！！」

八本の禍々しい血鎖が襲いかかってくる。アトラが後ろから叫ぶ。

「！！！！」

「……大丈夫だよ。君は――何があっても僕が守るから！！！！！」

次の瞬間、僕は右手の剣を振り上げ。戦略拘束魔法を受け止めた。

経験してきた中でも最大の激痛。無数の刃で右腕が切り裂かれているようだ。

リナリアの魔剣がなかったら、この時点で何も出来なかっただろう。

祈り続けている魔法士達の全身から鮮血が噴き出し、『蘇生』による回復も間に合わず、次々とこと切れていく。

――永遠とも思える時間が過ぎさり、八本の血鎖が崩れ散った。

僕の右手から魔力の尽きた魔剣が零れ落ち、地面に突き刺さる。

レフが楽しそうに嗤う。前方で倒れ動かない仲間に対する気遣いは微塵もない。

「未完成、かつ短時間発動とはいえ……凌ぎきるとはな。さて」

再び、短剣の切っ先に精緻極まる魔法式が浮かぶ。

「――二発目といこう」

深紅の戦略拘束魔法が再発動。僕は左手の杖を突き出し、防御。

背筋に戦慄。咄嗟に後方へ跳ぶ。身体中に激痛が走った。

「っ！」

苦鳴をあげそうになるのを、歯を食い縛って耐え向きなおる。

――八つの血鎖は形を変化。八本の異形の血槍となり僕を貫こうとしていた。

「『炎魔』が創造せしこの魔法は進化する。同じ方法で凌げる、とは思わぬことだ」

厄介極まりないっ！　右手は動かず魔法も使えない。直接触らない限り介入も出来ず、可能なのは身体強化のみ。ふっ、と息を吐く。

——結論、八槍全て凌ぎきり、直接介入で消す。

超高速で僕を貫かん、とした槍の一本目を見切り、魔杖で弾き、二本目へ叩きつける。

そうして躱し続けながら、浸食と介入の速度勝負を延々と続ける。

周囲の景色は大きく変容。大地そのものが紅に染まり、木々が枯れ果てていく。

一発目の発動時に倒れた者達は、灰となって消え、二列目の者も半数が倒れている。

この光景を『奇跡』と呼ぶのなら、僕は聖霊教の全てを否定するだろう。

————二発目の発動が止んだ。

左手から魔杖が滑り落ち、剣と交差するように地面に突き刺さる。

身体中に激痛。足下には血溜まり。でも……僕は約束したのだ。この子を守る、と。

レフを睨みつける。灰色ローブは最終列しか生き残っていない。

「惜しい、実験動物として実に惜しい……だが、いい加減死んでおけ！！！！」

血の乾いた短剣が三度、掲げられた。

左右の手の感覚は既にない。足も槍を掠り続けたせいで負傷。もう躱せないだろう。

けれど……倒れている人数的にこれが最後の一発。

「！　‼　!!!」

「来るなっ！」

駆け寄ろうとするアトラを止める。瞳には大粒の涙。

「大丈夫だよ、大丈夫」

微笑み、ただ前へ。レフが初めて苛立った表情を見せた。

「……忌々しいっ！　泣き叫び、這いつくばって、聖女様へ慈悲を乞えっ!!!」

「断固、御断りします。僕はある少女と約束したんですよ。この子を守ると！」

「ならば…………今度こそ死ね！！！！！！！！！」

三発目が発動。深紅の魔法式が浮かび上がり――瞬間、地面に叩きつけられる。

「つぐ‼」

遥か上空より凄まじい重力。範囲は僕周辺のみ。骨が軋み、身体の裂傷が拡大。

一気に侵食が進み、身体の自由が奪われていく。

「！　‼　！！！！」

「アトラ、駄目、だ。今の内に、逃げ、て……」

「⁉　‼」

いやいや、と幼女が泣きながら結界外でいやいや。

……僕は駄目な奴だな。女の子を泣かせるなんて。

唇から流れる血は無視。見飽きてきた介入を無理矢理押し戻し、立ち上がる。

狂信者の瞳には明確な恐怖。

「……ば、化け物めっ！　さ、三発もの『八神絶陣』を喰らって、なお、立つだと!?」

「人を、使い捨てに、することを、許容している……貴方の方が化け物、です、よ」

「だ、黙れぇぇぇぇぇ！！！！！！！」

魔法が更に強まるも――深紅の魔法式が砕け散った。祈りを捧げていた魔法士達全員が灰になっていく。限界を迎えたのだ。僕も立ちつくし動けない。

アトラが僕へ駆け寄り、縋りつく。必死に治癒魔法を使おうとするが発動しない。未だ結界の影響で魔法を使えないようだ。

「駄、目だ……お逃げ……」

レフは唖然としていたが――血走った目で僕を睨み、黒鎖を放ってきた。

狙いはアトラ！　幼女を庇い、後方へ放り投げる。

直後、僕は鎖に囚われ地面に叩きつけられた。激痛で声も出ない。

「はぁ、はぁ………手間取らせおって……」

息を切らしたレフが近付いてきた。防御も出来ないまま、腹を何度も蹴られる。

「がはっ！」

「泣け！　叫べ！　命乞いをせよっ！」

「…………ア、トラ、お逃げ」

「！　‼」

幼女は動かず身体を震わせ、首を大きく横に振る。

「……貴様も『雷狐』も結界の余波でまともに魔法を使えぬようだな。ならば」

「ぐっ」

レフに髪を摑んで頭を持ち上げられ、狂った視線を叩きつけられる。

「『雷狐』が嬲られ、捕まるところを見ておけ。その後、貴様を嬲り殺してやるっ！」

「——……誰がそんなことさせるかよ。僕は約束したって言っただろうっ！」

「なっ！？！！！」

感覚を無視して右手で鎖へ触れ、指輪に残っていた微かな魔力を用い消失させる。

全魔力を注ぎこみ——炎属性中級魔法『炎神槍』を零距離発動。

「馬鹿、っ⁉」

炎槍がレフの身体を貫き、吹き飛ばした。僕は荒く息をつき、立ち上がる。

自分の手首が目に入った。呪印が消えていない。思考が激しく警鐘を鳴らす。

——奴自身も狂信者なんだぞ？

レフが、むくりと立ち上がり疾走。腹に開いた傷が塞がっていく。『蘇生』！

最早、反応は出来なかった。短剣の剣身が鈍く光り、

————僕を庇うアトラに刃が突き刺さった。

時は止まり、言葉を喪い、感情が沸騰する。

アトラは振り返り、震える手で『銀華』に触れ——儚く微笑んだ。

「アトラ、アレン、好き。大好き。ありがとう。——……生きて」

手を伸ばそうとする僕の前で…………アトラの身体はこの世界から消滅した。

宙を舞う紫リボンを手に取ると、血塗れの僕の口から絶叫が迸る。

「うあああああああああああああああああー！！！！！！！！！！」

紫リボンが僕の血で汚れていく。

守る、と僕はあの優しい魔女に誓った……誓ったのにっ！！！！

レフは呆然。赤黒く濁った目を向け、錯乱する。

「ば、馬鹿な！　だ、大魔法が、み、自らの意思で人を守る、だと⁉　ありえぬっ！」

歯を食い縛って激痛を無視し、僕はリボンを懐に仕舞い拳を握り締めた。

錯乱していたレフが動きを止め、血走った瞳で僕を見てくる。

「……貴様、何のつもりだ？」

「――……そんなの決まっているだろう？」

間合いを一気に殺し、左手で顎へ掌底。踏み込み、思いっきり腹へ右正拳。レフの膝が折れ、短剣が地面に落ち、懐から小さな硝子瓶が二つ転がり落ちる。中身はどちらも空。

首に付けた聖霊教の印が不気味に光っているのが見えた。

「がっ！」「…………お前を倒すんだよっ‼」

降りてきた頭へ全力の回し蹴り。骨が砕ける気持ち悪い感触。

狂信者が声もなく吹っ飛び、地面に倒れる。身体全体が悲鳴。再度無視し短剣を拾う。

「起きろよ。『蘇生』を埋め込んでいるお前に、打撃が効く筈はないだろう？」

「…………最後の最後まで」

レフが立ち上がった。

砕いた頭蓋骨は既に再生。大穴を開けた筈の腹も埋まり、傷口すら残っていない。罵声。

「苛々させてくれるっ！　大魔法は無理でも、貴様は実験動物として回収――」

「あの子の名前はアトラだ。…………忘れるなっ！」

間合いを詰め、一切の容赦なく拾った短剣でレフを刺し貫き、魔法を静謐発動。

「な、き、貴様ぁ……何故、動け、る？？」

レフの瞳から光が喪われていく。短剣を引き抜き、最後の力で蹴り飛ばす。

なんで、動けるか？　って。激しく痛む心臓を押さえる。

――無理矢理、魔法で命そのものを削れば、人間、多少の無理はきく。

両膝が落ちる。左手の握力も完全に喪われ、短剣が地面へ突き刺さった。

視界がぼやけ、身体が揺れる。――嘲笑。

「くっくっくっ……そうか、そうか、貴様、自らの命を削ったのか。無駄だがなぁ」

レフが立ち上がり、手に黒針を生み出した。

この魔力……魔獣『針海』。

狂信者は勝ち誇った笑みを浮かべ、近寄って来ようとし――……激しく吐血した。

「!?　な、血だと？　本物により近い『蘇生』と魔獣『針海』、世界樹の力を得た使徒たる私が？　き、貴様、私に、ひぎゃゃぁぁぁぁぁぁぁぁ！！！！！」
体内から暴走した無数の針が飛び出し、狂信者が悲鳴をあげる。
動きまわるうち、レフの身体は崖際に。足を滑らせ、
「あ……ひぃあああああああああ！！！！！！！！！！！！」
絶叫しながら、滝へと落下していった。
——先程、短剣をねじり込んだ際、魔法式に干渉、式を変えた。
『蘇生』が埋め込まれていても、それを内部から暴走させるなら話は別だ。
「…………少しは苦しめよ、狂信者」
吐き捨て目を閉じる。身体が倒れ、意識が暗くなっていく。
ごめんなさい、父さん、母さん……ごめん、カレン……。
リナリア……僕は駄目な男です。貴女との約束を違えてしまった……。
ティナ達の行く末、見たかったなぁ。
——……ごめん、リディヤ。
後頭部が温かい。誰かに優しく頭を撫でられている。顔に水滴。……涙？

目をゆっくりと開け――……僕に膝枕をして顔を覗き込み、無数の治癒魔法をかけてくれている、ボロボロな黒の軍装姿で短い紅髪の少女へ、どうにか微笑む。

「………やぁ、リディヤ。髪型を昔に戻したのかい？」

「……バカ。バカバカ。大バカ！　……アレンのバカっ」

リディヤは僕の右手を両手で取り、自分の胸へ押し付けた。

優しく優しく握りしめ、僕を真っすぐに見つめてくる。瞳には大粒の涙。

「別に、私はあんたがいなくても、平気………だったんだから、ね？」

「うん」

「私はあんたなら絶対、絶対大丈夫だって……信じていたんだからね？」

「うん」

「………私は、あんたがいなくても………アレンがいないと…………」

そこまでが限界だった。少女は俯き啜り泣きを始める。

こんなに泣かせたのは黒竜戦以来だな……。

左手でリディヤの頭を撫でていると、近づいて来る魔力が分かった。――ティナだ。

治癒魔法の光が止まり、僕は上半身を起こし公女殿下へ話しかける。

「リディヤ」「……謝ったら、本気で怒る」

公女殿下が顔を上げた。目は真っ赤だ。右手を伸ばしくすんだ紅髪を梳く。

「……ありがとう。来てくれて……」

「……バカぁ。アレンの大バカ……」

リディヤはますます僕の右手を強く強く、自分の胸に押し付けた。

出来る限り普段の調子で話しかけようと口を開く前に――大水柱が上がった。

「「！」」

滝下から出現したのは、巨大な蛇の首。

身体中に灰色の魔法式が蠢き、禍々しい魔力。顔には無数の目が浮かんでくる。

口を開き苦鳴。――レフ⁉

『アアアアアア！！！！！！　苦シイィィィゥ！！！！！　聖女様、ナゼ、ナゼ、ナノデスカァァァァァ！！！！！　ナゼ、ワタシノ印ニ『石蛇』ヲヲヲヲヲヲ！！！！！！』

「……五月蝿い。邪魔するなっ！」

リディヤは大蛇へ容赦なく八翼の『火焔鳥』を放った。

「えええええいっ！！！！！」

次いで――上空から『氷雪狼』も突進！　着弾し、業火と吹雪が巻き起こる。

背に氷の双翼を広げたまま薄蒼髪の公女殿下が急降下してきた。

リディヤが不満を零す。「……ちっ。途中で引き離したのに……」

僕はティナに浮遊魔法を発動し、速度を緩和。操作し、地上へ。足が着いた瞬間、

「先生っ！！！！！」

僕に抱き着こうとし、

「はーい。駄目。これからは、ずっと私の番だから」

リディヤが首根っこを摑んで阻止。ティナは前髪を立て、激しく抗議する。

「なっ！　何て言い草ですかっ‼　今からは、ず～っと、私の番の筈ですっ！」

「認められないわ」「認められますっ！」

「……二人共、緊張感を――っ」

手首に痛みを感じ、視線を向けると――呪印が不気味な光を放っていた。

まさか……業火と吹雪が吹き散らされ、人の背丈よりも長い無数の黒針が襲い掛かってきた！

リディヤが地面に突き刺さっていた魔剣、魔杖を引き抜き、切り払う。

「小(ち)っちゃいのっ！」「分かってますっ！」

僕はティナに抱きかかえられ上空へ。リディヤもすぐに追いついて来た。

薄蒼髪の公女殿下が僕の右腕を強く抱きしめながら、震える。

「せ、先生……あ、あれは、あれは、何ですか……？」

——小山のような巨大な亀の如(ごと)き身体(からだ)には八本の蛇首。背には無数の針と枯れた木々。

リディヤが僕に『銀華(ぎんか)』を渡して来た。瞬(また)く右手の甲の印を見せ、短く見解を述べる。

「……この子が訴えてるわ。それに、あの姿」

「……うん。どうやら、そうみたいだね……」

——僕等(ら)がかつて王国南方、南聖海上で討伐した千年を生きし魔獣蠢く『針海』。

それを、大魔法『蘇生』、王立学校の大樹、大精霊『石蛇』の力を用いて無理矢理、蘇(よみがえ)らせた代物。言葉からして……レフも想定外か。

「先生っ！　動きますっ！」

ティナの注意喚起。身体中、針だらけの八本の蛇首を持つ怪物は上空の僕達を無視。

それぞれの頭に無数の目が浮かび、絶叫した。

『――世界樹ヲ我ガ手ニィィィィ！！！！！！　聖女様ガァァァァァ！！！！！　ソレヲ望ンデオラレルウゥゥウゥウ！！！！！』


周囲の森林から、一斉に鳥や魔獣が逃げ去っていく。

怪物は僕等を無視。東都へ向けて進撃を開始した。……世界樹？　大樹のことか？

この魔力量。大樹を呑み込んだら……東都が吹き飛ぶっ！

急いで止めないと――両腕を強く抱きしめられる。

リディヤとティナは瞳を潤ませ「「…………」」無言で訴えてきた。

お人好しな魔女の忠告を思い出す。貴方は、私みたいにならないようにね。

瞑目し、二人の公女殿下へ願う。『銀華』が僕を励ますように瞬いた。

「リディヤ、その魔剣を使っておくれ。銘は『篝狐』。魔力は空になっているけれど、世界最高の一振りだ。僕じゃ使いこなせないし――怪物を止めるのに必要だろ？」

「！　ふ、ふ～ん。す、少しは、道理が分かるようになってきたじゃない♪」

「ティナも手伝ってくれますか？　行きましょうっ！　あと、通信宝珠を」

「！　はいっ！　はいっ‼　どうぞ‼」

二人の羽が輝きを増した。一気に加速。東都へ。

通信宝珠を受け取り、『銀華』を握り締める。アトラ……力を貸しておくれ。

瞑目し祈った後――僕は宝珠へ向け、語り始めた。

＊

『――これを聞いている東都の人達全員に告げます。僕の名は狼族のアレン。既に、怪物の姿が見えている人もいますね？　あれは、蘇りし魔獣『針海』。目標は大樹です』


大樹内の図書館。

戦いが終わり、外へ出られると聞き準備をしていると、狐族のミズホさんから緊急連絡用に渡されている通信宝珠に男の人の声が飛び込んできました。

「！　ロッタお姉ちゃん」「お兄ちゃんの声……！」

この一ヶ月、ずっと一緒にいる狐族のチホとイネが抱き着いてきました。

「外へ出てみようか？」

「「うん！」」

幼女の手を引き、歩いている合間にも声は続きます。

『繰り返します。目標は大樹です。取り込まれれば、東都そのものが吹き飛ぶかもしれません。急ぎ、御老人、女性、子供達の避難を。間に合わない場合は地下水路へ』

大樹の外へ出ると、みんなが通信宝珠に耳を澄ませていました。

狼族族長オウギ様の御子息のトネリさんは一人で怯え、栗鼠族のカヤさんと豹族のココさんが手を取り合っています。

『僕は怪物を止めます。現在、リディヤ・リンスター公女殿下、ティナ・ハワード公女殿下と共に大樹へ急行中です』

「あの馬鹿っ！　また無茶、むぐっ」「トマ」「トマ兄、静かにして」下の階で、子熊族のトマさんが兎族のシマさんと山羊族のシズクさんに口を押さえられています。

でも、気持ちは分かります。周りにいる自警団の方や、近衛の騎士様も悔しそうです。

……私だって子供じゃなかったらっ！　チホとイネが手を握りしめてきました。

通信宝珠が次の言葉を発します。

『――けれど、今のままじゃ間に合いません』

みんな一斉に顔を上げました。ドクン、と心臓が大きく跳ねます。

『だから、お願いです。どうか……どうかっ！　僕に……力を貸してくださいっ！　東都をっ！　僕達の故郷をっ！　何より――大切な『家族』を守る為に！』


通信宝珠が点滅を止め、辺りが静かになります。

私達を新市街から大樹にまで送り届けてくれた、前獺族副族長のダグさんが煙管を近くのテーブルに叩きつけられ、真っ赤な目でギロリ。

「……てめえら、分かっていやがるな？」

ダグさんは涙を零されながら、言葉を続けられます。

「……俺達ぁ、既に一度あいつに命を救われた。そして今また、あの馬鹿はっ！　大馬鹿野郎はっ！　俺達を、東都を守ろうとしていやがるっ。……俺達が自分達の都合で理不尽に傷つけ、頑なに『獣人』だと認めようとしなかった、あのチビがだっ！　何故だと思う？　あいつは俺達のことを……こんな、こんな、どうしようもない俺達のことを……『家族』だと、本気で思ってくれているからだっ！　獣人は『家族』を見捨てねぇ。守るべき『子』なら猶更のこと。それが、それこそが――俺達に残された矜持だろうがっ！」

涙を袖で拭かれ、叫ばれます。

「――此処が、命の、懸け時だっ！！！！！　気合を入れやがれっ！！！！！」

『応っ！！！！！！！！！！！！！！』

大人達が拳を掲げ、獣人族の取り纏め役である狼族のオウギ様も指示されます。

「植物魔法が使える者は船を操る者以外、大樹へ。どんな無理をしてでも――戦略結界を発動させる！　老人、女性、子供達と重傷者、捕虜は若手の自警団員と共に地下水路へ！　東都の人族にも緊急で情報を送れっ！　ロロ、前線指揮は任せるぞっ！」

『心得た！』「了解した」

族長様達と自警団団長の豹族のロロさんが頷かれ、一斉に獣人のみんなが動き出します。

煌めく翡翠髪で信じられないくらいに美しいエルフの女性――レティシア・ルブフェーラ様も軍旗の下に集まっている西方の人達の前へ進まれました。

エルフ、ドワーフ、竜人、巨人、半妖精。古い軍旗には『流星』が描かれています。

静かに問われました。

「……汝ら、今のを聞いていたな？」

皆さんが頷かれます。レティシア様は、遠くを見つめられました。――西方。

「……忘れもせぬあの日。我等が団長、『流星』は血河において、我等へこう言った。『退け。そして、各々の生を全うすべし』と」

啜り泣き。先頭の、ドワーフ族、巨人族、竜人族のお爺さんは号泣されています。

レティシア様が視線を戻されました。

「分かっている……彼なら、『アレン』ならばそう言う。あやつは誰よりも……誰よりも優しい男だったからな。副長としては理解も出来た。だが……それでも………」

御伽噺にも登場するエルフ族の英雄様も、身体を震わせ、空を見上げられました。

「…………私は……私はっ！　……あの時、本当は、こう言われたかったのだ……『一緒に来てくれ。そして、一緒に死んでくれ』……と…………」

嗚咽が更に大きくなります。……一緒に死んでほしい、と言ってもらいたかった。

つまり、それぐらいその人のことが──大好きだった、ということ。

「だが……だがっ！」

レティシア様が涙を拭われました。とてもとても、美しく微笑まれます。

「今、彼の者は──新しき『流星』は我等に乞うている！　『力を貸せ。共に戦え』と。我が古き戦友達よ。汝ら、これをいかにせん？」

問われた西方の人達も泣きながら大きな笑み。それぞれの武器を抜き放たれます。

『――いざっっっ！！！！！　我等、『流星』と共に戦わんっ！！！！！』

レティシア様は満足気に首肯されました。槍を掲げられ、叫ばれます。

「ならば、いざ戦わん。我等、『流星』と共にありっ！！！！！　リサ、お主は？」

傍に佇まれ、演説を聞かれていた公爵夫人様へ、レティシア様がお尋ねになります。

すると、リサ様は片目を瞑られました。

「……愚問ね。私はあの子とエリンに返しきれない大恩がある。娘の命と心を救ってもらったのよ？　これ以上の恩義がこの世界に存在する？　一緒に行くわ。アンナ」

「メイド隊、準備完了しております♪」

控えられていたメイドのアンナ様が両手を合わせました。

さっきまで私達にお菓子を配ってくれていた、長い紅髪が綺麗で、胸の大きなリリーさんも両手を握り締めて張り切っています。前髪の一部が立ち上がり、右へ左へ。

「アレンさんのお願いなら仕方ないですね～。御主人様のお願いは聞かないとです～♪」

「……『御主人様』？　ケレニッサ」「副メイド長、記録しました」「リリー、後で話があります」「あたし、会ったことねーんだよなぁ」メイドさん達は楽しそうです。

……憧れてしまいます。

レティシア様、リサ様達が動き出され、上空からは純白の蒼翠グリフォンが降りて来ました。背中には幼獣。一気に喧騒が増していきます。

ロロさんが、西方の長様達に呼びかけられました。

「イオ殿！　ファウベル殿！　ガング殿！　団員を道案内に！」

「かたじけない」「ありがてぇが、俺達は少しばかり足がな……」「高台に布陣したい」

ダグさんが口を挟まれました。

「ドワーフは船に乗れっ！　罠をしかけるんだろうが？　餓鬼の時分、夜話で聞いた！」

「ふんっ……話せる獺がいるじゃねぇか。頼むっ！」

話されながら、大橋や大樹下の大水路へ向かわれます。

残られているリチャード・リンスター公子殿下が、額に手を当てられました。

「……自力で脱出し、もうリディヤを救い、次は東都だって？　これだから……」

「リチャード」

髭面の騎士様が名前を呼ばれました。公子殿下は髪をかきあげ、淡々と零されます。

「近衛騎士とは、護国の剣であり、護国の盾であり、弱きを助ける者。……だがね」

リチャード様は近衛騎士様達へ、ニヤリ、とされました。

「リチャード・リンスターは狼族のアレンの友だと自負している。幼い頃、友を見捨てる奴は屑、だとも教わった。第一――僕はまだ、アレンを一発も殴れていないんだ」

殴る？　私はチホとイネと顔を見合わせます。

けれど、騎士様達は楽しそうに笑われ――公子殿下が背筋をのばされました。

「――近衛騎士団、出るぞっ！　アレンを、僕等の戦友を援護するっ‼」

『はっ！』

「待って……待っていただきたいっ！」

「？　……ザニ」

公子殿下を、縛られている敵方の老人が呼び止めました。後ろの捕虜の人達も見ています。いるのは偉い人達のようです。

「リチャード公子殿下、恥を忍んでお頼みもうす。吾輩達にも戦わせてもらいたいっ！」

「……それは」

「我等は路を誤ったっ！　申し開きも出来もうさぬっ。……だが」

老人は頭を地面につけ、叫びました。

「東都はギド様の、ハーグ殿の、ヘイデン殿の、吾輩の、ここにおる者達の故郷なのだっ！　我等も大樹を仰ぎ見て生きてきた。どうか……この通り…………後生であるっ！」

『…………お願いもうし上げるっ！！！！！！』

老人の後ろにいたボロボロの騎士や魔法士達が一斉に地面へ頭をつけます。

——公子殿下が厳かに指示を出されました。

「捕虜の縄を解け。急げっ！　時間がないぞっ！」

「おお……有難く…………」

近衛騎士様達が次々と捕虜の縄を解き、立ち上がらせていきます。

——胸が凄く熱く、熱く、なってきました。

みんなが、東都を、アレンさんを助けようとしている。チホとイネも泣いています。

残ったのは、数十名の半妖精族の方々と長杖を持たれたエルフの魔法士様——『大魔導』様と、純白の蒼翠グリフォンと幼獣だけ。

幼獣を抱えた半妖精の女の子が、グリフォンを撫でている半妖精の女性を呼ばれました。

「チセ様、私達は……？」

女性は答えられず、呟かれます。

「さっきの獺はよいことを言ったね……私だって散々考えたさ……。助けられた私が生き延び、助けたあいつが死ぬ。一緒に死ねた『三日月』を狂おしく嫉妬したことだってある。

……そこのエルフだって同じだろうがね」

「…………」「…………否定はせん」

『花賢』様は花帽子のつばをおろし、椅子から下りられます。

静かな、静かな告白。

「……でもね、ようやく、ようやく理解したんだよ……」

チセ様の涙が地面に染みを作りました。純白のグリフォンが顔を上げます。

「私は……今日この日、この場所にいる為――……ただ、それだけの為にっ！　命を血河から繋いできたんだ！　今こそ、私の命を……あいつが逝っちまった後の全てを懸ける時さっ！　アンド、ロッド、ルーチェ、手を貸しておくれ。獣人の若造共だけじゃ、荷が重いだろう？　私達で、大樹の戦略結界を緊急発動させるよっ！」

＊

「オオオオオ…………………………」

私達の目の前で荒れ狂っていた黒騎士が、白蒼の雪の中で灰になっていきます。

細剣と短杖を交差させ、浄化魔法を発動されているステラ様が、静かに告げられました。

「……ウィリアム・マーシャル。貴方は十分戦いました。安らかに眠ってください……」

私は隣のエリーに話しかけます。

「(ステラ様、凄いわね？　浄化魔法を使えるなんて……)」

「(はひっ！　でも、リィネ御嬢様も『紅剣』凄いです！)」

「(……ありがと)」

アリスさんが、うんうん、と頷かれながら片手で巨大な瓦礫をどかされました。

「ん。狼聖女、成長した。これで呪われた胸さえなければ。残念。よいしょ」

出てきたのは、突き刺さった黒い魔斧槍。引き抜かれ、カレンさんを呼ばれます。

「紫がぅがぅ」

「……その呼び方、確定なんですね。何ですか？」

『勇者』様は、後方で気を喪っているグラント・オルグレンを拘束していたカレンさんへ、魔槍斧を投擲。動じず左手で掴まれた副生徒会長さんが尋ねられます。

「これは？」

「『深紫』。雷龍の短剣には劣るけど、雷狼に相応しい武器。使えばいい」

「！　そ、それって、歴代オルグレン公爵に引き継がれている物なんじゃ……」

私は息を呑み、エリーと目を合わせます。しかも、雷龍？

カレンさんが魔槍斧を握り締めると紫に染まっていき、外壁に向かって一振り。

——雷の斬撃は分厚い石の壁をあっさりと切り裂きました。

「凄い……」「わぁ、わぁ」

私とエリーが興奮していると、黒騎士の気持ち悪い魔力が完全に消えました。

兜が崩れ、左目が潰れている壮年の男性の顔が露わに。さめざめと泣いています。

『……御手を煩わせました……。嗚呼……我、誤れり……最後に……我が主、ジェラルド・ウェインライト王子殿下と、部下達の命をどうか救いたまえ……真の聖女………』

そこまで言ったところで黒騎士は灰となり、消えていきました。

ステラ様が細剣と短杖を納められ、息を吐かれます。

「ふぅ……」

「お疲れ様、ステラ。……今のって、兄さん考案の魔法でしょう？」

すぐにカレンさんが近づかれ、聞かれました。誇らしそうに頷かれます。

「ええ。もう、そろそろノート二冊目も終わるわ♪」

「……ふ～ん」

心から嬉しそうな生徒会長に対して、副生徒会長はちょっとだけ不満そうです。

私も意見を表明しようとし――

「「「！」」」「……む」

東都全域を震わす大きな地鳴り。そして、異常で強大な魔力。進行方向は大樹⁉

アリスさんが跳躍され、外壁の上へ。

「こ、これって……」「あぅあぅ……」「早く、兄さんの所へ！」

「みんな、落ち着いて。まずは大樹のリサ様へ状況を報せましょう」

ステラ様が冷静に指示を出され、

『――これを聞いている東都の人達全員に告げます。僕の名は狼族のアレン』

通信宝珠が……私達がこの一ヶ月、求め続けた兄様の声を発し始めました！

聞き終わり、私達は身体を震わせていました。

「「「…………」」」

――恐怖で？　いいえ、違います。これは、これは……歓喜ですっ‼

まず、兄様が御無事だったこと。そして、何より――兄様に助力を求められたこと！

高揚を抑えられません。ステラ様も「アレン様……」と頰を染められています。

通信宝珠は引っ切り無しに明滅。味方は、全部隊が迎撃に参戦するようです。

兄様と直接話したいですが、一斉に話しかけてしまえば、大混乱になるのは必定。今はとにかく――戦場へ！

「ステラ！　私達も行きましょうっ！　兄さんの御役に立たないとっ‼」

カレンさんが、『深紫』を掲げ、上空のグリフォン達を呼び寄せます。

表情だけでどれだけ嬉しいのかが伝わってきました。

地響きはどんどん強くなり、東都駅舎の鐘が引っ切り無しに鳴り響いています。

アリスさんが外壁を降り、着地。淡々と教えてくださいます。

「把握した。相手は魔獣『針海』を無理矢理蘇らせたモノ。『蘇生』と、大精霊『石蛇』の一部に、世界樹の力までも取り込んでいる。私でも倒すのは困難。私の力は、精霊や世界樹には効果が薄くなる」

私とエリーは顔を見合わせます。破顔。

「問題ありません。だって」「アレン先生が一緒です！」

蒼翠グリフォンの首を撫でながら、カレンさんも兄様の懐中時計を取り出し、断言。

「兄さんがいてくれれば、私は誰にも負けません。リディヤさんにも、ステラにもです」

ステラ様が不敵に微笑まれます。

「それはどうかしら？　私は蒼翠グリフォンの羽とノートも二冊頂いたから♪」

「「「うっ！」」」「ひゅー。狼聖女。やるー」

私達は呻き、アリスさんが鳴らない口笛を声にされました。

ステラ様は恐るべき強敵になられました……私も頑張らないとっ！

美しい薄蒼髪の次期ハワード公爵殿下が、凛と命じられました。

「行きましょうっ！　アレン様を助ける為にっ！」

＊

グリフォンに飛び乗り、眼下を見渡すと――既に、各所で炎が上がっていました。

――黒煙の中に巨大な影。八本首を持つ亀みたいな大蛇？

次々と建物の陰から、攻撃魔法が放たれ着弾。視界が曇っていきます。

一部部隊が既に交戦中のようです。通信宝珠に母様から連絡が入ります。

『リィネ。状況は理解しているわね？　既に先んじた東方諸家の部隊が交戦中よ』

東方諸家の部隊が交戦を？　アリスさんが私の通信宝珠をひったくりました。

「あ！　な、何を」

『あれは私や、魔女の姫と風の姫でも、おそらく倒しきれない。――止めはアレンに』

静かな託宣。通信宝珠からは息を呑む声。母様が応答されます。

『アルヴァーン大公の命に従います。――でも、倒せなくても、力は削げる』

『ん。私も準備をする』

アリスさんが通信宝珠を投げ返してきました。

……この人……本物の『勇者』様なんですね……。

『上空を飛ぶ者、攻撃中の者達へ告ぐ！　我が名は巨人族のドルムル・ガング！　今より、西方巨人族のお家芸を披露せんっ‼　とくと見よっ！！！！』

突然、通信宝珠から、裂帛の気合を感じさせる大声が轟きました。

厚い雲を突き破り、数十に及ぶ巨大な岩石が、建物を破壊しながら進撃する『針海』へ降り注ぎました。東都獣人族の新市街、その高台に布陣しているようです。

目を疑うような光景……王都攻撃時の比ではありません。

『ッアアアアアアア！！！！！！！！！！』

次々と直撃し『針海』が悲鳴をあげます。周囲の建物も破壊されていき、進撃が停止しました。その間も容赦なく降り注ぐ岩石の雨。土煙で姿が見えなくなる程です。

「みんな、気を付けてっ！」「き、来ますっ！」「退避してっ！！！！！」

ステラ様とエリーが警告を発し、カレンさんが叫びました。

土煙を突き破り、無数の長大な針が空中へ。岩石を迎撃し砕き、本体に届かないまま落下。『針海』は進軍を再開しました。時間稼ぎすらも困難だなんて。

カレンさんが懐から小さな金属札を取り出し、ステラ様とエリー、そして私へ投げて来ました。受け取り、表面を見やると複雑な刻印。

「？　カレンさん？？」「こ、これは？」「カレン？」

「父さんが開発した物です。致命傷を防ぐことが出来ます。あの怪物に、私達の魔法は効果が薄い。直接攻撃で首を切り落とすしかありません。私の分は」

「エリーとリィネさんは持っていて。カレン、私は受け取らないわよ？」

ステラ様が話に割り込まれました。副生徒会長様が花付軍帽を触られます。

「……生徒会長様には、敵わないわね」「その台詞、そっくりそのまま返すわ」

通信宝珠に、男性の声が轟きました。

『ドワーフ族のレイグ・ファウベルだ！　──俺に策がある』

『針海』の周囲を竜騎兵が飛び回り一撃離脱を繰り返しています。

その足下では建物に隠れながら、自警団と近衛騎士団、『流星旅団』が次々と攻撃魔法を放ち進軍を遅らせようと奮闘中。

怪物は鋭く長大な針を周囲に飛び散らし、建物、巻き込まれた人を吹き飛ばし、貫かれた飛竜や蒼翠グリフォンが落下していきます。

援護に行きたい思いを堪え、私達は上空で魔法を紡ぎ、魔力を込め続けます。

エリーの風魔法で、地上の音や声がかなり伝わるのが有難いです。

――レイグ・フェウベル様の提案は単純明快なものでした。

『あの化物は世界樹を狙っていやがるんだろう？　なら、後は何処で嵌めて叩くか、だ』

『針海』の動きが――大樹前の大広場まで指呼の間、という所で、突然、止まりました。

見れば、巨大な足が地面にめり込み、固まっています。ドワーフ族の罠ですっ！

『今よっ！　一斉攻撃っ！！！！』

私の隣でグリフォンを駆る母様の号令が響き渡り、四方から魔法が集中されます。

『コザカシイマネヲ、スルナァァァァァ！！！！！』


『針海』は無数の針で反撃し尾を振り回してきますが、攻撃は止まりません。

空中に黒い影が過り──巨大な岩石が直接、『針海』の八本の頭に叩きつけられました。

巨人族の長、ドルムル・ガング様ですっ！

無数の針で貫かれながらも退かれず、逆に手近の首を抱えられ雄々しく叫ばれます。

「レイグ！　イーゴン！」「分かって！」「いるっ！」

ドワーフ族の長と竜人族の長が、大斧と大剣を構え、砕けた岩の上を伝い突撃。

押さえつけた首へ斬撃を放ちました。


『ギャァァァァァァー！！！！！！！！！！！！！！！』


首を切断。残りは七本。『針海』の絶叫が響き渡ります。

傷口が蠢きすぐさま再生を試みますが、無数の攻撃魔法が速射され、阻害。

ガング様が遂に振りほどかれ、水路へ落下。水面は鮮血に染まっています。

ファウベル様とイオ様も離脱。全身は血塗れ。

それでも三人の老英雄は獅子吼され、全軍の士気を鼓舞します。

「皆、見たかっ！」「不死なぞおらんっ！」「皆の力を結集すれば必ず倒せるっ！」

これが、伝説の『流星』を支えた方々！

「次は私達の番かと★」「お任せを」「はい」「おっしゃぁぁぁ！」

近くの建物の屋根から、アンナ、ロミー、ジーンが『針海』へ跳躍。

『針海』は鎌首を持ちあげ、口の中から針を乱射してきます。

「ロミー、ジーン、そのままで★」

アンナが両手を振るい、不可視の『弦』で針の悉くを両断。突撃路を切り開きます。

副メイド長は長柄の金槌を両手持ちとし、

「せいっ！！！！」

一本の頭の真上から思いっきり叩きつけました！　首が下がります。

「もらったぁぁぁぁ！！！！」

無数の魔法が降り注ぐ中、ジーンが全力で斬撃を首へ振り下ろし――ガチンッ！

「っ⁉」

隣の頭の口に阻まれました。まずいっ！

「油断し過ぎですね」

ケレニッサが大鎌を一閃。口の牙を切り落としジーンを救出。後方ではニコが水の獅子を生み出し、牽制しています。

でも、首は——

「ふっふっふっのふ～♪　真打は、遅れてやって来るって、決まっているんですぅ☆」

屋根の上を疾走し、紅髪を靡かせ、リリーが突撃！

針の弾幕が襲いますが、アンナの援護と花炎の盾で防ぎきり、

「えいやぁぁぁぁ！！！！！！」

双大剣を一度、二度、と煌めかせ、二本目の首を叩き落としました！


『ヒギャアアアアアア！！！！！！！！！！』


『針海』が絶叫をあげる中、リリーの『火焔鳥』が二羽飛翔。

再生を試みる傷口を大炎上させます。残りは——六本っ！

リチャード兄様とロロさんが、近衛騎士団へ命令をくだされます。

「後先を考えるなっ！」「打ちまくれっ！！！！」

近衛騎士と自警団団員が魔法一斉射撃。『針海』の注意を地上へ向けさせます。

母様も私達へ合図を出され、グリフォンから躊躇なく飛び降りられました。

「ふふ……滾る、滾るぞっ！　リサ様、我にも獲物を残しておけよっ‼」

レティシア様も後に続かれます。

エリー、ステラ様、カレンさんへ目配せ。アリスさんは大広場上空です。

グリフォンの手綱を放し、剣を抜き放ち――私達は『針海』へ向けて落下。

エリーの風魔法が発動し、どんどん加速。

私は『火焔鳥』、ステラ様は『氷光鷹』をそれぞれ、自分の武器に集束させ――『紅剣』『蒼剣』『蒼楯』を発動！

カレンさんも右手に十字雷槍、左手に魔斧槍『深紫』を構えています。

眼下では先んじて突撃を敢行された、母様とレティシア様が一本ずつ叩き斬った首を、炎と風で燃やし刻みつくしているのが見えました。神業ですっ！


『チョウシニ、ノルナァァァァァ！！！！！！！！』

『針海』の身体が膨れ上がり――今までとは比べ物にならない数の針を放射っ！

建物や木々が針山と化し、その周辺が石化していきます。

さしもの母様とレティシア様も後退を強いられ、他の部隊もまた攻撃を中断。

私達にも襲い掛かって来ますが、白蒼の楯が煌めき、防御。ステラ様の『蒼楯』！

それでも突破され、私とカレンさんの魔札が砕け散ります。

怪物は罠から抜け出し、大広場へ。周囲全てを石化させていきます。まずいっ。

私よりもやや前へ出たエリーが、一切怯まず手を翳しました。

「私だって、私だって……成長、しているんですっ！！！！」

『針海』の前脚に炎・水・土・風・氷・光・闇の魔法が叩きつけられ、打ち砕きます。

七属性上級魔法⁉

カレンさんが称賛されます。

「エリー、やりますね。でも――」

八発の雷属性上級魔法と一緒に首を強襲。十字雷槍と『深紫』で貫きます！

「兄さんの隣は譲りませんっ！！！！」「異議があるわっ！」

次いでステラ様が『蒼剣』を振るわれ、凍り付いた首が宙を舞いました。残り二本っ！

私も七本目の首へ『紅剣』を全力で振るい、

「っ⁉」

出現した数千本の石針に阻まれてしまいました。

八本目の一際巨大な首が私を指向し大口を開けます。ギラリ、と無数の牙の光。

直後――母様の『火焔鳥』とレティシア様の『暴風竜』、アンナの弦が石の枝を吹き飛ばし、騎士剣と大剣がその口内に突き刺さりました。リチャード兄様とリリーっ！

「はぁぁぁぁ！！！！！！」

私は全魔力を剣に注ぎ込み、遂に――七本目の首を切断っ！

最後の首が私へ憎悪の視線を叩きつけ、口から針を乱射。前方に人影。

「リィネ御嬢様！」「エリー！　駄目っ‼」

私を抱きかかえ、庇いながら親友が大広場の外まで後退。

「エリー⁉」「平気ですっ！　これがっ！」

壊れ石化した金属札を見せてきます。御義父様の魔道具っ！

通信宝珠からアリスさんとオウギの声が響き渡りました。

「ん。エリー、偉い。少しは認める。みんな、よくやった。ではいく――『白雷』」

『皆、よくぞここまで持ち堪えてくれた！　――大樹の戦略結界を発動させるっ！』

八本の巨大な純白の雷柱が発生。更に先程のエリーのそれとは比べ物にならない規模の植物魔法が発動。『針海』を締め付けていきます。

でも——少しずつ、けれど確実に石化の範囲が侵食。

私はエリーに抱きしめられながら、呟きました。


「ティナ！　姉様！　……兄様っ！　後はお任せしますっ!!!」

＊

僕達は石に呑み込まれようとしている東都獣人街を飛翔していく。……『石蛇』の力。

戦場にいる味方は、八つの内七本の首を落としてくれたようだ。それにしても、まさかルブフェーラ公爵家が動くなんて。ティナが長杖で指し示した。

「先生！　大樹ですっ！　怪物も大広場で止まっていますっ！」

『針海』は、無数の植物の根のような結界に捕らえられ、八つの白く輝く雷柱に打ち据えられていた。大樹の戦略結界と——上空を見やる。

大きな白翼を広げ、剣を抜き放った『勇者』アリス・アルヴァーン。

「リディヤ、ティナ、大樹前の大橋へ」

「分かったわ」「はいっ！」

大橋に降り立った僕達は、大広場の『針海』を確認。

首は再生も果たしていないものの、倒れる気配はない。

『勇者』の魔法に耐える……黒竜に匹敵するな。これで大樹を取り込んだら――。

僕は魔杖を前方へ突き出そうとし、よろめいた。

「っ！」「先生……そんな御身体じゃ……」

リディヤとティナが心配そうに、僕を支えてくれる。

再び引き籠り魔女の言葉を思い出し、不安そうな薄蒼髪の公女殿下へ御願い。

「ティナ、手伝ってくれますか？　あと、このリボンを杖に結んでください」

少女は大きな瞳を更に大きくした。

紫リボンを受け取り魔杖に結び付け、自分の杖を重ね、嬉しそうに頷く。

「！　はいっ！　はいっ‼」

「………私が支えるわよ」

リディヤも不満そうに魔剣を重ね、僕の手を握り締めた。

僕は目を瞑る。アトラの笑顔が浮かぶ。……うん、生きるよ。

魔杖を前方へ掲げる。宝珠が光彩を放っていき――アトラの遺してくれた魔法を解放。

幾何学的で精緻極まる魔法式が幾重にも重なり、様々な色の紫電が飛ぶ。

ティナが驚き、リディヤが感嘆。

「！　こ、これって⁉」「綺麗ね……」

「二人共、この魔法を忘れないでほしい。あの子が……優しい大精霊が僕へ遺してくれたこの美しい魔法を。この魔法の名は――」

耳をつんざく大音響。狂風と地鳴り。

戦略結界と雷がはじけ飛び、『針海』が前進を再開。大橋へ侵入してきた。

アリスが大樹上空へ一旦後退していく。

残った蛇の頭に無数のレフの顔が現れ僕達を見下ろし絶叫する。

『聖女様ガ、世界の死ヲ、望ンデオラレルゥゥゥゥゥ！！！！！！』

身体中から無数の針を出し、身体を固定。口が大きく裂け、灰色の光が集束していく。

僕の手を、小さな手が摑んでくれた気がした。

「ティナ！　リディヤ！」「はいっ！」「やっちゃいなさいっ！」

魔法を一気に解き放つ！

「――『閃雷』――」


閃光が崩れ落ちた大橋上を走る。レフも灰色の光線を放ち、激突!!!

衝撃が巨大な大水柱を幾つも発生させ、大広場や対岸の大橋が石化していく。

「っ！」

僕は唇を噛み締める。出力に僕の身体が追いついていない。

このままじゃ――リディヤが僕の手に自分の手を重ね強く握り締めてきた。

「あんたの隣にいるのは誰？　遠慮なんかするなっ！！！！」

「そうだった、ねっ！」

泣き虫な公女殿下と魔力を深く深く繋げる。――強過ぎる程の純粋な喜び。

リディヤの背の炎翼が純白へと一気に変わった。

「ふふふ……そうよっ！　それでいいのよっ!!」

リディヤは不敵に笑い、一気に魔法の出力が安定。レフの光線を押し始める。

けれど――……押し切れないっ！　ティナが僕の手を強く強く握り締めた。

「先生！　私も……私も此処にいますっ！　貴方がいなかったら、私は此処にいないいっ！

だから……だからっ！！！！！」

「……ありがとう。いきますっ！」

ティナとの魔力の繋がりを深める。公女殿下の背の氷翼が純白に染まっていく。

「！　……先生、こ、こんな……こんな、無茶を………」

ティナの小さな瞳から涙が零れ、凍っていく。

深く繋ぎ過ぎたせいか、僕の体験が見えてしまったようだ。リディヤが叱咤。

「小っちゃいのっ！　泣くなら、どいてなさいっ！」

「っ！　分かってますっ！　お願い、力を……みんなを守る力を、私に貸してっ‼」

二人の『炎麟』と『氷鶴』の紋章が眩い光を放ち始めた。

『閃雷』に紅と蒼が入り混じり、出力が桁違いに跳ね上がる。

「「いっけえええええ！！！！！」」

灰の光閃を一気に押していき――

『！？！！！！！！！！！　聖女様……！！！！！』

無数のレフの目が恐怖に見開かれ、閃光が直撃！！！！！

大衝撃波が発生し、大橋が軋み、轟音が東都一帯に響き渡る。

有視界外にまで閃光は伸びつづけ、雲を貫き――……やがて、消えた。

僕は魔杖を下ろし、リディヤと泣きそうなティナへ感謝する。魔力の繋がりを遮断。

「……二人共、ありがとう……僕だけじゃ、無理だった」

「別にいいわよ」「……先生」

終わった途端、リディヤは剣を大橋に突き立て、左腕に抱き着いてくる。

ティナは俯き、話しかけてきた。

「……せ、先生、今の……今の、魔法って……」「大魔法、ね？」

魔力を深く繋いだせいで、ある程度はバレているのだ。

「僕らが御伽噺で読んできたモノとは違うけどね。その話は追々……リディヤ、離して」

「い・や♪」

「……ティナ、助けてください」

「無理です。……私、今、それどころじゃないので。もう少し、もう少し、待ってください。お願いします……ちゃんと、ちゃんと言葉に、しますから……」

ティナはそう言うと、黙り込んでしまった。

――僕が今、使った魔法は、アトラが最期に僕へ遺してくれたモノ。

アトラのような存在達が使う本物の『大魔法』だ。

その威力たるや――視線を前へ向ける。

「うわぁ……」

――『針海』の姿は完全に掻き消え、射線上の建物も全てが消失している。

リディヤが頭を僕の肩に乗せてきた。自慢気に嘯く。

「ふ～ん♪　これであんたの名前も王国内外に轟くわね☆」

「……どうして、そんなに嬉しそうなのさ。まったく……」

これは、おそらく大陸動乱以来、実戦で使用された初めての大魔法だ。

幼い頃、使ってみたい、と望みはした。けど。

「………こんな魔法より、僕は、今、君にいてほしかったよ、アトラ」

突如――世界が変わった。

ティナとリディヤの姿も消え、周囲には何もない。『白の世界』。

この感覚。ティナが『氷鶴』を暴走させた時と同じ。

「――そう。ここは私の、私達の世界」

長い薄蒼金髪に、白服を着た少女が教えてくれる。髪には美しい鳥の羽。

「――私達の同胞を……アトラを救ってくれたこと、感謝。この前はごめんなさい……。嫌なモノに無理矢理、動かされていた……あと、リディヤを助けられなかった……」

輝く深紅の長髪で同じく白服の幼女が頭を下げてきた。獣耳と尻尾を震わせている。

二人共、ジェラルドとやり合った際よりも、明らかに魔力が減っている。

何より、今まで聞いてきた声はもっと大人のそれだった。微笑み返す。

「御礼を言うのは僕の方だよ。ありがとう。ティナとリディヤ、二人を守り続けてくれたんだね？　名前を教えてくれるかな？　『氷鶴』さんと『炎麟』さん？」

「……名前は」「……私達の真名は奪われてしまった」

「奪われた？」

いったい誰に――……。

「そうか……大陸動乱時に使われ、君達がマガイモノと呼ぶ大魔法は」

「私達から奪い、『勇者』の魔法を模倣し弄った力」「多くの人と生き物を殺した力」

「……アトラは違うんだね？」

こくり、と少女達が頷いた。髪が煌めき、光り輝く。

「あの子は守られた」「【双天】は私達を捕らえた。でも守ってくれた」

「……そっか。話をもっと聞きたいのだけれど、時間はなさそうだね」

白の世界はもう崩れ始めている。

膝を曲げ、少女達と視線を合わす。小さな手を伸ばし、僕の頬に触れてきた。

「貴方はあの子の為、命を削った」「それは埋められない。無理」

「でも」「アトラはそんなことを望まない」

「貴方は『鍵』」「私達と英雄達の【永劫の呪縛】を解いてくれる『鍵』。希望」

「でも、お願い」「命を粗末にしないで。今回は幸運」

「ティナは泣いてたよ？」「リディヤも泣いてたよ？　わーんわーん」

「……リディヤは分かるけど、ティナも？」

『氷鶴』と『炎麟』が顔を覗き込んでくる。

「ティナは良い子。でも、意地っ張り。……夜、一人でこっそり泣いていた」

「ああ……そうだね」

「リディヤは泣き虫。毎日、わーんわーん」

「うん……知ってる」

「「二人共、貴方を想ってる、強く強く想ってる。……だから、死なないで。生きて」」

「…………ありがとう」

はにかみ、お礼を言う。すると、少女達が僕の心臓に触れた。

手を繋ぎ合い歌い始める。

「私は、私達は」「死なない。不滅」

「でも、記憶は」「一度消えたらなくなる。消滅」

「だけど、あの子の想いは」「とてもとてもとても強い」

「……まさか」


光が差し――天空から白服の狐族の幼女が降りてきた。

小さな身体に長い白髪。獣耳と尻尾があって瞳は金色。名前を呼ぶ。

「アトラ！　……アトラ！」

「♪」

すぐさま嬉しそうに抱き着いてきた。両手両足に――刻まれていた呪印はない。

幼女二人は手を繋いだ。とても満足気だ。

「嫌な呪印は」「私達が力を合わせて解いた」

「そして、アトラが貴方の喪った命の欠片を埋める」「本当は駄目。理外」

「同時にアトラは力の多くを喪った」「力を使うには時間が必要。あと」

「戻るまでは」「人の姿も難しい」

アトラは姿を変えていき──小さな幼狐となり、僕の腕の中に。

少女達が僕を見上げる。

「アレン、私達の愛し子」「唯一自由なその子と生きて。懇願」

「………君達は？」

「希望は捨てない」「でも、星は広い。人の命は儚い。解呪は困難」

幼狐を撫で、少女達へ頷く。

「なら──君達のことも僕が必ず救うよ。ティナとリディヤを守るのと、呪印を解く為に、たくさんの力を使ったんだよね？　約束する。今度こそ……約束は違えない」

二人は大きな瞳をぱちくりさせ、次いで満面の笑みを浮かべた。

「……ありがとう」「……嬉しい。また、何時か」

「うん。また、会おう」

約束を交わし、目を閉じる。

──『白の世界』が崩れ落ちた。

「きゃっ！　……あんた、何処から出てきたの？」

目を開けると、腕の中に幼狐姿のアトラがいた。

突然、出現したその子を、リディヤが不思議そうに眺め、困惑中。

「リディヤ、その子がアトラだよ。魔力を繋いだから、分かるよね？」

「この子が？　……ちょっとだけ待ってなさい。何処にも行かないこと‼」

幼狐を抱きかかえ、リディヤが僕から離れた。

地面に下ろし話しかけている。「あいつを救ってくれたのは感謝するわ。ありがとう。でも――いい？あいつは私のなの！　腕の中は私の指定席――え？　お、同じベッドで寝たですって⁉」

呆れていると――抱き着かれた。

「ティナ？」

「……先生ぃ」

前髪は力なく折れ曲がり、大きな瞳にはたくさんの涙。身体は大きく震えている。

「申し訳ない。とても怖い思いをさせてしまいましたね」

「違いますっ‼　私……私っ……」

背伸びをし、ティナは僕の頬に触れた。血の跡をなぞる。

「先生なら大丈夫なんだって。平気なんだって。すぐ問題を解決してくださるって……

貴方が、こんなに傷つくなんて、想像もっ……。もしかしたら、アレン、死んじゃって……ぐすっ……わ、私、分かっていたつもりで……わたし、わたしぃぃ………」

その後はもう言葉にならず、ティナは僕に縋りつき泣き出してしまった。

公女殿下を軽く抱きしめ頭を撫でていると、複数のグリフォンが見えた。

乗っているのはステラ、カレン、エリー、リィネ。皆、今にも飛び降りて来そうだ。

戻って来たリディヤへ告げる。アトラも僕の肩に帰還。

「ようやく終わったね。お疲れ様。あ、お説教は覚悟してる」

「なら、いいわ。良くないけど……いいわ。――……アレン」

リディヤは僕の正面へ回り込み、大輪の華が咲いたかのように、幸せそうな笑みを浮かべた。

「……おかえりなさい」

「……うん、ただいま」

「……えへへ♪」

紅髪の公女殿下は嬉しそうにはにかんだ。薄蒼髪の公女殿下が顔を上げる。

「……ぐすっ……せんせぃ、リディヤさんの悪行も、怒って、ください、ね？」

「悪行？」「！　ティナ!!!」

魔力を深く繋いだとはいえ、細かく把握する余裕はなかったのだ。

リディヤが焦った様子で、ようやく泣き止んだティナを僕から引き離した。

「あ、あんた、何を言っててっ⁉」「……一番暴れたのはリディヤさんです」

多少、二人の距離も縮まったのかな？　アトラが小さな頭をこすりつけてきた。

「ん？　どうした――……」

僕は振り返り、夕陽に染まる大橋を見つめた。

誰よりも早く一人の狼族の女性が駆けて来る。着物は乱れ、見るからに苦しそう。

けれど、決して決して、足を止めない。

僕も駆け寄らなければならない。でも、足が動かない。視界が涙で滲んできた。

「か、あさん……」

すると、女性――僕の母のエリンは目を見開き、大粒の涙を零しながら叫んだ。

「アレン！！！！！」

そのまま駆け寄り、僕に飛びつくと、強く強く抱きしめてきた。

「まったくもうっ！　この子は無茶をしてっ‼　大樹様、ありがとう……ありがとうございます……。私の、私の世界でたった一人しかいない息子を返してくれて……ありがとう……ありがとう、ございます。………嗚呼。良かった……本当に良かった……」

「……母さん……ごめん、なさい……」

遅れて父のナタンもやって来てくれる。作務衣(さむえ)は汚れたままだ。

僕は泣き続ける母さんに抱きしめられながら、父さんと視線を合わす。

父さんの瞳にも涙が浮かび、何度も、何度も頷き返してくれた。

リディヤとティナが緊張した面持ちで話しかけてくる。

「その……お義母様(かあさま)……」「あの……」

母さんは僕から離れ、二人の手を握り締めた。

「リディヤちゃん、ティナちゃん……。貴女(あなた)達も無事？　怪我(けが)はない？」

「……っ」「……お義母様」

二人は心からの言葉に涙ぐむ。

僕はアトラを抱きかかえ、決意を口にした。

「これからよろしく。――君の仲間は必ず僕が助けてみせるよ」

「♪」

エピローグ

「では、アレン様♪　暫し、リディヤ御嬢様をお借り致します☆」

「……………ねぇ」

アンナさんが僕へ許可を求めたのに対し、ベッド脇の椅子に座り、魔剣と魔杖を抱えている寝間着姿のリディヤはジト目で抗議。『離れるのやっ！　断ってっ‼』

——此処は東都最大の病院、その一室。魔力灯が幾つか壁にかかっている。

開いている窓の外は闇の帳が下り、月と星は雲の中。そよぐ風が気持ちいい。

『針海』を倒した後、僕は強制的に担ぎ込まれたのだ。

僕自身は東都の復興等に参加しようと思っていたのだけれど、みんなの大反対により、貴重なベッドを宛てがわれた、というわけだ。……みんなの視線がちょっと怖かった。

どうやら、僕が拉致されてから半月以上が経過していたらしい。

さっきまで一緒だった母さんと父さんは、着替え等を取りに家へ戻っている。

僕の膝上には、夕食を食べ終えた幼狐姿のアトラが丸くなり、すやすや。可愛(かわい)い。

リディヤの頭をぽん。

「行って来なよ。リサさんだって、話したいだろうし。迷惑もかけたんだろ？」

「……何処にも、行かない？」

「うん。何処にも行かないよ」

短くなってしまった紅髪の公女殿下と視線を合わせる。

リディヤは随分と無理無茶をしたらしく、心が弱くなってしまっている。戦闘後、こうして片時も僕から離れようとしないのだ。リナリアの指輪も本気で嫌そうだった。

無言で見つめ合い——すっとリディヤは立ち上がり、魔剣と魔杖を椅子に置いた。

「……分かったわ。御母様には御迷惑をおかけしたし。でも」

アンナさんがいるのに、僕の両手を優しく握り締め、頭と頭をぶつけてきた。

「……あんたはもう、私の傍(そば)から離れちゃダメ。二度とダメ。もう、そんなのは嫌なの。絶対、嫌なの。もし、今後、こういうことがあるのなら、私も一緒に連れて行って。誰かが引き離そうとするなら——私は家も国も捨てる。水都とララノア、どっちに行く？」

「……分かったよ。約束する」

「……本当？　嘘じゃない？」

リディヤが僕を潤んだ瞳で見つめてきた。

雲に隠れていた月と星が姿を現し、月光と星灯りが差し込む。

「痛感した。僕は未熟だ。でも——僕等は二人なら無敵だろ？」

「…………うん。すぐ、帰って来るから、扉は閉めないでね？」

公女殿下は嬉しそうに頷き、病室を出て行った。

アンナさんが微かに頷き、スカートの両裾を摘み、優雅に会釈し、後を追う。

——さて。

「そろそろ来てくれるかな、って思っていたよ——アリス」

「——ん」

屋根の上から返事。外套を羽織り、腰に古めかしい剣を提げている長い白金髪の美少女が窓から部屋へ入って来た。リディヤに気付かせもしない、か……。

手には紙袋を持っている。

「それは？」

「王都で買って来た。お土産」

淡々とそう言い、アリスはベッドの傍へ。紙袋を渡して来たので受け取る。

中身は――

「水色屋根のカフェの焼き菓子？　前に食べたよね？」

「ん。あんな中でもやっていた。偉い」

少女の髪の色素は、黒竜戦時よりも明らかに薄くなっている。

紙袋を脇へ置き御礼を言う。

「ありがとう。――ああ、そうだ。アリス、この子は」

「八大精霊の一柱『雷狐』」

……見抜かれていたか。

幼狐を撫でると、くすぐったそうに身体を震わす。右手の指輪が瞬いた。

「【双天】に託されたんだ。何時か必ず、僕達は彼女を弔いに行くよ」

「――そう」

少女の慈愛の視線に、胸が詰まる。

「……アリス、僕は……力不足で……」

「てぃ」

背伸びをし、少女が僕の頭をぽかり。

「同志に話は大体聞いた。――アレン、貴方は今回も信じられないことをした。【双天】

の魂を救い、『雷狐』を救い、再び『針海』を討ち、大陸の危機をも救った。誇っていい。でも、頑張り過ぎ。貴方が傷つくとたくさんの人が泣く。私も悲しい。貴方は一人じゃない。絶対に、そのことを忘れないで」

「……………うん。ありがとう」

アリスは優しい……優し過ぎる子だ。お姉ちゃんがいたら、こんな感じなんだろうか。

お菓子を紙袋から取り出し、食べる。

「──美味しい」

「世界で一番美味しい。四年前、貴方が私に教えてくれた。戦うことだけしか知らなかった私に。──リディヤもティナもステラも、みんなみんな、そう。アレン、貴方は『星』。そのことを忘れないで。誰しもが……夜道を一人で歩けるとは限らないから」

「……………うん。忘れないよ」

「なら、いい」

その場で少女が一回転。外套が風を纏い、幻想的な光が舞う。

──不可視の階段内で見たものと同一。

「人はもう、神や私みたいな存在がいなくても前へ進んでいける。でも、まだ私が為すべきことは残っている。【双天】の後始末は私がつける」

「……アリス、あの黒扉はいったい？」

「駄目。話せない」

少女は頭を振った。……世界の根幹そのものに関わる、と。

『勇者』とは世界を守護する者。こうして、会話出来ることすら異例なのだ。

幼狐を撫で、もう一つ教えを乞う。

「なら――八大精霊を教えてほしい。僕が知っているのは、『炎麟』『氷鶴』『石蛇』『嵐翠』そして、『雷狐』だ。残り三柱の名前を」

少女は僕を、まじまじと見つめ、静かに声を発した。

「――『海鰐』『月猫』『冥狼』。アレン、貴方」

片目を瞑る。

「約束をしてね。ほら？　約束は守るもの、だろ？」

「――……ん。私は直接助けられない。そして、過酷な路。でも、頑張って」

「ありがとう」

微かに頷き合う。……心が落ち着く。この子とは、僅かな時間しか過ごしていないのに。

少女が窓際へ移動し、振り向いた。

「――そろそろ行く。古い約束を果たしに。同志も待っているし」

「！」

廊下から音がした。約束を口にする。

「アリス、ありがとう。また――必ず会おうね」

「――ん、また」

月灯りが差し込む中、美しい笑みを残し少女は窓から跳躍。それを横から拾う影。

純白の蒼翠グリフォンがアリスを背に乗せ、東の方へ飛び去っていった。

――また、何時か必ず。

アリスが去り、僕は廊下に隠れている子へ声をかける。

「ティナ、こっちへ」

「は、はい……」

前髪を力なく折り、寝間着姿の公女殿下はとぼとぼベッド脇にやって来た。

何気なく話しかける。

「ステラから聞きました。ティナもエリーも大活躍だったみたいですね」

「……私なんか……私は……とっても自惚れていました……ダメダメです……」

ティナの瞳には大粒の涙。

――この子はとても賢い。けれど、自分に厳し過ぎる。優しく諭す。

「ティナだけじゃありません。僕だってそうです。今回、僕は無理をし過ぎて、たくさんの人を泣かせてしまいました。そして、『氷鶴』『炎麟』そして、『雷狐』といった大精霊についても殆ど何も知らない。知っているのは」

膝上のアトラを優しく撫でる。

「この子達が、言い伝えられているような存在ではない、ということです。これからもたくさん調べていく必要があります。頑張って、必ず『氷鶴』の解放法を見つけて」

「……一緒に」

アトラを撫でる僕の手に、ティナの手が重なった。

「アレンが一人で頑張るんじゃなく、『一緒に』がいいです。……そうじゃないと嫌です」

大人びた視線。……女の子ってすぐに成長するんだよなぁ。敵わないや。

「そうですね。一緒に頑張りましょう」

「……はい」

ティナと視線を合わせ、笑い合う。

病室入り口から寝間着姿のエリー、リィネ、ステラ、カレンが顔を出した。

無言だけれど、意味は分かる。

『……私達は？』

リディヤが堂々と入って来た。

「あんた達は不要よ。私がいればいいんだから。でしょう？　早く頷きなさいっ！」

ティナは前髪をピンッ！　と立て、向き直り、傲岸不遜な『剣姫』に指を突き付けた。

「くっ！　出ましたね、泣き虫リディヤさんっ！　同志から色々と聞きましたよっ‼　覚悟しておいてくださいっ!!!　第一、私達が勝ちましたし？」

リディヤが手をひらひら。目元は笑っている。

「はいはい、言ってなさい」

「は、はい、は一回です！」

「あぅあぅ……テ、ティナ御嬢様」「兄様、リィネの話も聞いてください」「アレン様、お加減は？　治癒魔法を」「ステラ、さっき何度もかけたでしょう？」

一気に部屋が騒がしくなる。

……そっか。僕は、僕がいるべき場所へ帰って来られたんだな。

リディヤとティナが楽しそうに口喧嘩をし、僕は穏やかな気持ちに包まれるのだった。

＊

「これは――イーディス殿」


ウェインライト王国より東方。聖霊騎士団領とララノア共和国とに挟まれた地。

聖霊教が総本山――教皇領。

その最奥に設けられた、使徒と極々一部の信徒しか入ることが許されぬ大石廊を歩いていた私は、後方の声に振り向いた。

そこいたのは真使徒の証である深紅で縁取られた純白のフード付きローブ姿の男。

私は立ち止まり、訝し気に眉を顰めた。

「レーモン……いや、今や使徒イブシヌルか。ララノアへ発ったのではなかったのか？」

「それは此方の台詞。貴女こそ水都への増援の任に当たられていたのでは？」

「……私はロストレイでしくじった。責任を取らねばならない」

「貴女は変わりませんね。――さ、参りましょう。我等の主がお待ちです」

「…………ああ」

恐怖はある。が……気分もまた自然と高揚してくる。

何しろ――我等が唯一の主、当代の『聖女』様のご尊顔を拝せるのだから。

聖霊教信徒の頂点である教皇は、聖霊騎士団領はもとより、周辺諸国家においては半ば神である。その影響力は、国家元首を遥かに凌ぐ。

そんな、聖霊教当代教皇テオバルト三世は今、老いた身体を聖霊宮殿最奥にある花畑に投げ出し跪きながら、私達と一連の報告を続けていた。

「……オルグレンがこれ程までに脆きこと、戦前に想定出来ず、王都の聖剣とそれに封じられしモノ、東都大樹の『最も古き芽』入手に失敗致しましたこと、慚愧に堪えず……」

私とイブシヌルも続く。

「……罪は我等にも」「……聖女様の予言を賜っていたにも拘らず、情けなし」

花に触れられていた、純白のフード付きローブを纏った人物が振り返る。

――長く神々しい灰白髪。透き通るような肌をした絶世の美少女。

この御方こそ我等が戴く唯一の主。当代の『聖女』様だ。

私達は更に深く深く平伏。すると、聖女様は沈痛な声を発せられた。

「……良いのです。『王都大樹の最も古き新芽』は私の元へ届きました。千年を生きし魔獣『針海』の心臓、真の『蘇生』再現に必要な禁書と古書、王立学校地下墳墓の遺体、植物魔法を使える獣人族の長とその子、ウェインライトの廃王子も……。これでまた一歩、進むことが出来ます。聖霊騎士ゴーシェ。使徒候補ラコム、ロログ。そして、レフまでもが殉教したのを聞きました。親族がいるのならば、必ず報いてあげてください。此度の件で殉教した方々も同様です。イーディス、イブシヌル、貴女達にも引き続き苦労を……貴女達の咎は全て私が引き受けます」

感動で身体が震え、言葉が出てこない。

――聖女様は殉教した者達の名前を全て覚えておられるのだ。

老教皇が賛嘆する。

「おお……なんと慈悲深くも勿体なき御言葉……殉教した者達を心底羨ましく思います」

聖女様は花を手折られ、悲し気に呟かれる。

「…………私は罪深い女です。大きな目的の――大魔法『蘇生』を復元する為とはいえ、多くの方々を死地へ追いやってしまいました。何れ、死なせた方々が蘇った際にはお詫びを……。ですが、今は、今はまだ――……お願いします。今後もどうか私に力を貸してください」

「「「はっ！」」」

私達は声を合わせた。決意を固める。

次の任地は侯国連合が中心都市、水都。水竜降臨の伝説を持つ人類最古の都。

――彼の地において、必ずロストレイの失態は雪ぐとしよう。

＊

老人と使徒達が去った内庭。
既に幾重にも戦略結界を再展開し、使徒であろうとこの場所へ入ることは出来ない。
ここにいるのは聖霊教の生ける『聖女』たる私だけ。
私は小さなテーブル上に置かれた、回収した数冊の禁書の表紙をなぞる。
『王家某重大事件記録』。消えかけのクロムとガードナーの機密印。
一冊は薄い。走り書きで『十日熱病に対する所見』。筆者名ミリー・ウォーカー。
濃い緑表紙の古書は『世界樹について』。筆者不明。
魔王戦争における大英雄『流星』、その全てを記した、『流星戦記』。
表紙の片隅には『三日月』が刻印されている。
最後の一冊はボロボロのノート。所々、黒く汚れている。……血だ。
手にそっと取り、抱きかかえる。
「……お姉ちゃん……」
亡き姉のノートを胸に押し付け、私は一人、咲き誇る花の中、池の傍で踊り、歌う。

「今回の件で欲しい物はぜ～んぶ、手に入れた～♪　予定通り、『雷狐』も外に出せた～♪　王国はこれで当分動けなーい♪　戦後処理が終わっても～他国に介入するだけの余裕はあるかしら～♪　聖霊教のあったままの悪い働き者さん達もお掃除完了ー。殉教ー殉教ー大殉教～★　だ・か・らぁ――」

小さな池の近くで、さっき折った花を持ちつつくすくす嗤う。

「今の内にララノアで遊ばなきゃ。でも～まずは水都から★　……うふふ～。みんな、み～んなっ！　馬鹿ばーっかっ‼　この世界で私の指し手は何処にもいなーい」

報告書に書かれた名前をなぞる。狂おしいまでの愛しさと懐かしさ。

――アレン。

「わざわざ愚かなレフで挨拶したし、あの人なら私に気付いてくれるかな？　気付いたらどうするのかな？　……楽しみ」

手の中の花を握りつぶす。

隙間から落ちて来るそれは枯れていた。

「だけど、私の邪魔をするなら……腐りきった神亡き世界を壊すのを邪魔するのなら、容赦はしない。――確かに『流星』は再臨し、世界にその輝きを思い出させた」

周囲の花々が一気に枯れ落ちていく。

強い風がフードを吹き飛ばし、魔法も解ける。

――水面に映ったのは、灰白色の獣耳と大きな尻尾。

瞳は深紅に染まり、右手の甲と頬には『石蛇』の紋章。

私はノートを胸に押し付け、胸の古いペンダントに囁くように話しかけた。

「でも、『星』は何れ地に墜ちるもの。そう思うでしょ？　――……アトラ姉さん」

あとがき

四ヶ月ぶりの御挨拶、七野りくです。

皆様のお陰で八巻です。これにて、第二部〆となります。

昨今のラノベでは、珍しい構成だったんじゃないでしょうか？　何しろ途中、主人公が『囚われの姫』でしたしね。進行役に事欠かないのが『公女』の強みです。

本作はＷＥＢ小説サイト『カクヨム』で連載中のものに、例によって九割程度、加筆したものです。残りの部分も手を入れてない箇所はほぼありませんが……加筆なのです。


内容について。

第二部で書きたかったことは書けたと思います。

各ヒロインの強さと弱さ。そして、成長（※紅の泣き虫御姫様は除く）。

過去の歴史。生き残ってしまった人達の想いと悔恨。

アレンも、自分の意志で第一歩を踏み出しました。

想定外だったのは、

・近衛副長の株価、毎巻高値更新
・狼 聖女様の急成長
でしょうか。走り始めたら後はキャラにお任せなので、よもやここまでとは。

……え？　リリーさんですか？　あの人の本領は次巻以降かと思われます。


宣伝です！

『辺境都市の育成者』、コミカライズ決定しました。描いてくださるのは日高先生です。

『公女』と並行で書いていければ、と思っていますので、よろしくお願いします！


お世話になった方々へ謝辞を。

担当編集様、今巻もありがとうございました。

ｃｕｒａ先生。毎巻、先生の美麗なイラストが励みです。九巻以降もよろしくお願いいいたします。

ここまで読んで下さった全ての読者様にめいっぱいの感謝を。

また、お会い出来るのを楽しみにしています。次巻、戦後処理と逢引と陰謀です。

七野りく

お便りはこちらまで

〒一〇二‐八一七七
ファンタジア文庫編集部気付
七野りく（様）宛
ｃｕｒａ（様）宛